http://www.bbulmedia.com

http://www.bbulmedia.com

언령의
주인

BBULMEDIA FANTASY STORY

언령의 주인

1

목차

0. 프롤로그

책과 소년
그리고 마법사

책.

현재의 지식과 감성을 글로 남겨 다음 세대로 전하는 도구.

누군가에게는 지루함을, 누군가에게는 즐거움을, 또 누군가에게는 새로운 깨달음을 전하는 물건.

그리고 그것은 누군가에게 있어선 인생…이기도 했다.

"어머, 오늘도 책을 읽으러 온 거니?"

도서관 사서 아줌마의 친절한 목소리가 사람이라곤 사서 몇 명뿐인 도서관에 울렸다.

그에 반응하는 것은 탁자에 가려 머리끝만 간신히 보이는 소년.

끄덕-.

"호호호, 그래~ 오늘도 재밌게 읽다 가렴."

끄덕-.

소년의 무뚝뚝한 반응에도 한가한 이곳에 사람이 있다는 것에 만족하는 것인지 사서 아줌마는 생글생글한 웃음으로 소년을 맞이했다.

그러곤 고갯짓으로 대답을 대신한 소년이 도서관의 깊숙한 곳, 제목만 보아도 난해하기 짝이 없는 책들이 있는 곳으로 걸어가는 것을 보며 흐뭇한 미소를 지었다.

이때 마침 오늘 아침부로 일반도서 열람실에 배정된 신입 사서가 소년에게 목소리가 안 닿을 때쯤 조용히 입을 열었다.

"아시는 앤가요?"

"그러엄~ 우리 도서관에서 일하면 모를 수가 없지. 도서관 최고의 단골 고객이거든."

"저렇게 어린애가요?"

신입 사서는 이젠 책장 사이에 가려 보이지 않는 소년의 체구를 떠올리며 되물었다.

"그래, 대충 봐도 유치원생 나이로밖엔 보이지 않긴 한

데… 딱히 보육원 같은 곳에 다니는 것 같지는 않더라고."

"……부모님 교육관이 남들과 좀 다르신가 보네요."

"음… 그렇다고 해야 할까? 저 애를 몇 년이나 봐왔지만 아직 저 애 부모님을 본 적이 없어서 잘 모르겠는걸."

"네에? 그럼 저렇게 쪼그만 애가 혼자 도서관에 온단 말이에요? 책을 읽으러? 아니, 그보다 몇 년이라고요?"

말도 안 된다는 듯 큰 목소리로 반문하는 신입 사서의 모습에 선임 사서는 입술에 손가락을 갖다 대며 조용히 하라는 제스처를 취했다.

그제야 신입 사서도 사람이 하나도 없는 이곳이 도서관이란 걸 자각한 듯 급하게 입을 틀어막았다.

그렇게 썰렁한 도서관의 작은 소동이 가라앉은 뒤 선임 사서가 조용히 입을 열었다.

"그래, 한 3년… 정도 된 거 같네. 처음 봤을 때는 진짜 이 애가 한글은 제대로 아는 건가 싶을 정도로 어렸거든. 그땐 아동용 열람실에 있기도 했고 말이야."

"헤에~ 저 애도 대단하지만 그 부모도 대단하네요."

"그래, 집안 문제인 건지, 아니면 정말로 부모의 교육관이 특이한 건진 알 수 없지만… 어쨌든 우린 저 애한테 꽤 기대하고 있거든."

"예? 기대요?"

"그래, 저 애가 여기 온 지 3년 정도 됐다고 했지?"

"그랬었죠."

"저 애가 지금 읽고 있는 책이 뭔지 알아?"

"으음… 저는 잘……."

"자, 저 애가 들어간 책장 번호를 봐봐. 저기 C……."

마침 잘됐다는 듯 선임 사서는 신입 사서에게 책들의 위치를 숙지시키며 소년이 들어간 책장이 무엇인지 다시 한 번 물었다.

"……세상에! 사회과학?"

"그래, 저 애가 3년 전에 아동용 열람실에서 동화책을 읽은 것을 시작으로 3년 만에 2층에 있는 이 일반 열람실의 책들을 읽어나가고 있다는 거야."

"그렇지만… 저 애가 무슨 내용인지 이해는 하고 있는 걸까요? 성인들도 읽기 힘든 책들이 많을 텐데."

"당연히 다 이해하지는 못하겠지. 몇 년 동안 지켜봤는데 저 애는 딱히 어떤 책을 가려서 보는 게 아니라 그냥 책장의 책을 순서대로 독파하는 중이거든. 하지만 고작해야 초등학교에 들어갈락 말락 한 정도의 아이가 여태까지 하루도 빠짐없이 도서관에 책을 읽으러 오고, 심지어 책의 종류도 가리지 않는다는 건… 정말 대단한 일이잖아? 그래서 우린 저 애가 혹시 천재가 아닐까 생각하고 있어."

**언령의
주인**

"천재라… 진짜 그럴지도 모르겠네요."

"그치?! 그치!"

자신의 의견에 동조하는 신입 사서의 모습에 흥분한 선임 사서는 조금 전 자신이 후임에게 했던 경고도 잊은 것인지 높은 톤의 목소리로 말했다.

"후후, 어쩌면 지금 우리는 미래의 위인을 눈앞에 두고 있는 건지도 모른다고!"

"그, 그런가요?"

자신의 자식이 천재라고 생각하는 엄마들이 흔히 갖게 되는, 말로 표현하기 힘든 어떠한 기운에 밀린 신입 사서는 당혹스러운 표정으로 고개를 끄덕였다. 하지만 그라고 해서 선임 사서의 말을 부정하는 것은 아니었다.

유치원생 나이의 꼬마가 3년을 꼬박 도서관에 다니면서 수많은 책을 독파해 나가고 있다니…. 당장 신문의 한 면을 차지해도 이상할 게 없는 수준이었다.

그렇게, 기이한 열기를 담은 두 쌍의 눈동자가 책장 옆에서 묵묵히 책을 읽어나가는 소년을 향했다.

*   *   *

책을 읽어나가던 소년의 눈동자에 눈물이 맺혔다.

딱히 책의 내용이 슬퍼서, 혹은 갑자기 떠오른 어떠한 감성적인 생각 탓에 그런 것은 아니었다.

그저 너무 오랜 시간 책을 읽어온 탓에 몸이 눈을 보호하기 위해 자동으로 눈물을 흐르게 한 것이었다.

하지만 소년은 그런 것엔 개의치 않는 듯, 단 한시도 책에서 눈을 떼지 않았다.

그 모습은 마치 책에 너무 집중해서 눈물이 흐르는 것을 모른다기보단 책에 중독되어 책에서 눈을 떼지 못하는 것처럼 보였다.

그러다 결국 눈물이 너무 가득 차서 책을 볼 수 없을 정도가 되면 한 손으론 한쪽 눈을 닦고, 다른 한쪽 눈으론 책의 글씨를 읽는 행동을 반복했다.

그 모습은 도저히 어린아이의 행동이라고 생각되지 않는 이질적인 모습이었다.

몸이 신호를 보내어 눈을 보호하고자 한다면 인간은 본능적으로 이에 따라야만 했다.

아주 극소수의 경우를 제외한 대다수의 욕구는 인간이 가지는 스스로에 대한 보호 본능을 넘어설 수는 없었다.

이는 말 그대로 본능이기에, 아이든 어른이든 거부할 수 없는 것이었다.

특히나 여러모로 덜 성숙된 아이라면 더욱 본능에 이끌

릴 수밖에 없었다.

하지만 소년은 이를 거부하며 오직 기계적으로 책 읽기를 반복하고 있었다.

인간의 본능이란 욕구를 뛰어넘는 또 다른 욕구 충족의 행동.

예로부터 이런 행동을 해온 사람들은 크게 두 부류가 있었다.

하나는 보통 사람들과는 다른 생각을 가진 천재들.

나머지 하나는 보통 사람들이나 천재들과도 완전히 다른, 그야말로 미친 사람들.

스스로의 몸보다 연구에 매진한 천재, 혹은 스스로의 목숨보다 쾌락과 같은 욕망에 몸을 맡긴 미친놈들만이 생존이라는 절대적 본능에서 벗어날 수 있는 존재들이었다.

하지만… 지금 책을 읽으며 아무렇지도 않게 본능을 벗어난 행동을 보이는 소년은… 그 어떤 부류에도 속한다 말하기 힘들었다.

여태껏 나이에 걸맞지 않게 수많은 책을 읽어왔다곤 하지만, 도서관 사서의 평가가 그랬듯 소년은 모든 내용을 이해하는 게 아니었다.

그저 머릿속에 욱여넣고 있을 뿐.

만약 저 아이가 진짜로 천재였다면 같은 책장의 같은 주제로, 비슷한 말을 하고 있는 책을 읽고 있을 리가 없었다.

그렇다면 소년은 미친 것이었을까?

어찌 보면 그렇게 보는 게 타당했다.

수년간 하루도 빠짐없이 도서관에서 폐관 시간까지 책을 읽는 소년의 행동은 미친 것처럼 보이기에 충분했다.

하지만 소년에겐 남들이 모르는, 책을 읽는 너무나도 타당한 이유가 있었다.

사락—.

'아빠의 웃음을 보겠어.'

언제나처럼 책장을 넘기며 떠올리는 그것.

소년에게 내려진 단 하나의 절대 명제.

어느 날 우연히 알게 된 책의 한 구절을 심심파적으로 아빠 앞에서 읊었을 때, 그때 보았던 난생처음 본 아빠의 비틀린 웃음은 소년에게 있어서 충격 그 자체였다.

박장대소도, 껄껄껄 호탕한 웃음도, 길게 호선을 그린 미소도 아니었다.

하지만 소년에게 있어서 그것은 자신의 아빠가 처음 보인 웃음이자 여태까지완 다른 새로운 표정이었다.

매일 이른 아침이면 어디론가 사라져, 밤늦게 집에 들어와선 아무런 표정도 없이, 아무런 대화도 없이 소년을 지그시 바라보다 잠자리에 드는 행동만을 반복해오던 소년의 아빠.

그런 아빠가 소년에게 해주는 것은 오직 만 원짜리 몇 장을 머리맡에 두는 것이 전부였었기에, 소년은 그 비틀린 웃음조차도 기뻤다.

그래서 소년은 또 책을 읽었다.

다시 한 번 아빠를 웃게 해보이겠다는 생각으로 또다시 책을 읽고 매일 밤 아빠에게 검사라도 받듯 그날 읽은 것을 한 구절, 한 구절 읊고는 했다.

그렇지만… 그 이후 소년의 아빠가 소년이 읊어대는 책 구절에 반응하는 일은 더 이상 없었다.

그래도 소년은 포기하지 않았다.

그저 자신이 읊은 내용이, 주저리주저리 떠든 내용이, 그날 자신이 처음 읊었던 내용과 달리 흥미를 끌지 못했을 뿐이라 위안하며 그렇게 몇 번이고 책을 읽고, 또다시 읊어댔다.

다른 또래 아이들과 달리 유치원도, 학원도, 보육원도, 부모와의 소풍도… 그 어느 곳에도 가지 않는 소년에게 있어 시간은 얼마든지 쓰고 또 써도 될 만큼 많은 것이었기에.

소년은 매일을 그렇게 보냈다.

그렇게 매일매일, 수년을 책만 읽다 보니 비록 많은 것을 이해하진 못했지만 소년은 책을 읽으며 어느 정도 즐거움을 느낄 수 있었다.

책을 읽는 것은 소년이 여태껏 해왔던 가장 즐거운 놀이인 '아무것도 나오지 않는 지지직대는 브라운관 TV의 화면을 바라보는 일'과, '어느 날인가 주웠던 동강 난 돌하르방의 구멍을 세는 행위'보다 훨씬 즐거운 일이 되어 있었다.

단순히 책이 소년에게 모르는 것을 알려주는 탓은 아니었다.

책을 통해 책에 적힌 게 정답이라는 진리를 알게 된 탓도 아니었다.

소년에게 책이 재밌는 이유는 책이 매번 같은 모습이 아니었기 때문이었다.

같은 말을 하고 있어도 쓰는 사람에 따라 내용이 달랐고, 같은 사람이 쓴 책들도 책마다 내용이 달랐다.

앞서 말한 모르는 것을 알게 된다느니, 정답을 알게 된다느니 하는 것들은 그저 책을 읽으면서 얻게 된 부차적인 것에 불과했다.

물론 그렇다 한들 소년이 책을 읽는 진짜 목표를 잊은 것은 아니었다.

소년이 책을 읽는 최대의 목적은 어디까지나 아빠의 옷

음이었다.

언제나 무서운 표정을 짓고 있는 아빠였지만 소년에게 있어 아빠란 존재는 모든 것이었다. 아빠가 웃기만 한다면 소년은 책이 주는 즐거움을 포기할 자신이 있었다.

아니, 여전히 주머니에 소중히 품고 다니는 돌하르방도, 소년이 5살이 된 이후로 아직까지 아무것도 비추지 않는 TV도 모두 버릴 자신이 있었다.

그만큼이나… 소년은 절실했다.

만약 엄마가 있었다면 어땠을까 하는 생각은 이미 옛적에 버렸다.

처음부터 존재하지 않았던 엄마였기에 그런 생각은 금세 잊혀졌다.

애당초 아빠가 아무 말도 안 해줬던 만큼 관심을 둘 필요가 없으리라.

아빠야 말로 자신이 세상을 보는 기준이고 모든 것인 소년은 그렇게 생각했다.

무뚝뚝하고 무서운 표정의 아빠지만 소년에게 필요하다 판단되는 모든 것을 제공해왔던 그이기에, 제공하지도 언급하지도 않았다는 것은 그만큼 필요성이 떨어진다는 의미일 것이었다.

이제 소년은 책을 통해 자신에게도 '엄마' 라는 존재가 있는 것은 알지만, 그것이 책에서 말하는 것처럼 중요하다고는 생각지 않았다.

소년에게 있어 아빠는 그 어떤 저명한 학자의 책보다도 우위에 있었기에 그랬다.

소년은 책에서 얻어낸 지식을 자신의 좁은 세계에서 얻어낸 사실과 연관 지어 피드백하기에 이르렀다.

그렇게.

소년은 한 살을 더 먹었고.

도서관에서 한 해를 또 보냈다.

무심하던 아빠 손에 이끌려 학교에 가고.

학교가 끝나면 다시 도서관에서 하루를 보냈다.

그렇게 소년의 코 밑에 자리한 솜털이 거뭇해질 무렵, 소년은 도서관의 모든 책을 섭렵할 수 있었다.

수년 만에 떠오른 슈퍼문이 세상을 밝히던 어느 날 밤.

소년의 방에 난 작은 창문으로 쏟아져 내린 밝은 달빛이 조금은 야윈 소년의 얼굴을 비추고 있었다.

그렇게 깊게 잠든 소년의 방으로 두 개의 그림자가 찾아왔다.

"이 애인가?"

"예."

낯선 사람들이 바로 옆에서 대화를 나누고 있음에도 아무런 반응조차 않는 소년을 내려다보던 인영이 불쑥 소년의 이불을 치워냈다.

그러곤 유달리 말라 보이는 소년의 몸을 찬찬히 살폈다.

"……마나의 흔적이 전혀 없는데?"

소년의 몸을 살펴본 그림자가 인상을 쓰며 말하자 곁에서 그 모습을 지켜보던 다른 인영이 조용히 대답했다.

"원래 그런 실험이니까요."

"음… 그렇긴 하다만… 이렇게까지 평범해선……."

소년을 살펴본 이후 미간을 펴지 못하는 인영에게 다른 인영 하나가 다가와 말했다.

"걱정하시는 게 무엇인지는 압니다. 하지만 이만큼 최적화된 실험체도 없습니다."

"……그래, 알고 있다. 어쨌거나 십 년이나 관리해서 만들어진 실험체니까."

"그렇습니다. 누구보다 평범할 것이 조건이긴 하지만… 확실히 이런 실험체를 만들어내는 건 힘들었죠."

그 말을 끝으로 잠시 소년을 내려다보던 두 인영은 이내 서로 눈빛을 주고받고는 소년을 거실로 들고 나와 구석에 눕혔다. 그러곤 곧장 바닥에 무릎을 꿇고 앉았다.

인영이 손가락을 접어 올리다 억울하다는 듯 중얼거

렸다.

"제길, 전용 실험실에서 진행해도 모자랄 판에 아파트 거실 한복판에서 이런 중요한 일을 해야 하다니."

"어쩔 수 없죠. 마법이 '공인' 되지 못한 곳이니 이렇게라도 할 수밖에요. 무엇보다 지금은 이 애를 데리고 어딜 갈 수도 없으니까요."

"후우……."

어쩔 수 없다는 듯 깊은 한숨을 내쉰 불만스러운 표정의 인영은 이내 마음을 다잡았다는 듯 반대편의 인영을 바라보며 눈으로 신호를 보냈다.

눈을 껌뻑이며 박자를 맞추곤 마치 데칼코마니처럼 움직이는 서로를 확인한 그들은 이내 검지를 들어 올렸고 그들의 손가락 끝에 신비로운 빛이 어리기 시작했다.

그 빛은 촛불처럼 어른거리는 모양새로, 마치 그들의 손가락을 심지 삼아 타들어가는 것 같은 모습이었다. 그리고 여기까지 서로의 모습을 확인한 인영들은 이내 그 신비한 빛으로 거실 한복판에 정체불명의 그림을 그리기 시작했다.

마치 어린아이의 낙서와도 같은, 의미를 파악할 수 없는 기묘한 그림들이 바닥을 까맣게 메워갔다.

단 하나도 같은 모양이 없는 그림들은 아무렇게나 널브러트리듯 여기저기 하나둘씩 그려 나갔지만, 시간이 지나

거실 바닥이 새카매질 무렵이 되자 처음의 어지러움이 거짓말인 것처럼 정갈하고 아름다운 형태로 정리가 되었다.

뿐만 아니라 여전히 무의미한 낙서와도 같은 외형을 가진 그것들은 신비하게도 하나둘 의미를 가지기 시작했다.

여전히 그 모양 자체는 현대의 수많은 언어들과 궤를 달리하는 탓에 뜻을 유추할 수조차 없었지만, 그림들이 모이기 시작하자, 어느 순간 의미를 '느낄 수' 있게 된 것이었다. 하지만 신기한 일은 여기서 끝이 아니었다.

그림들은 자신들의 특별함을 알리기라도 하듯, 자신들의 의미가 모이기 시작하자 가장 가장자리에 있던 그림을 필두로 조금씩 은은한 푸른빛으로 물들어가기 시작했다.

은은한 푸른빛으로 빛나는 정렬된 그림들은 그들이 가지는 의미나 외형과는 별개로 세상의 그 어떤 것과도 비교를 불허하는 아름다움을 내뿜고 있었다.

그렇게 그림들이 자신들의 자태를 뽐내던 그때.

그림을 그리고 있던 두 인영 중 한 명에게 이상이 나타났다.

"후으읍!"

"……마나 고갈 증세다! 연습한 대로 호흡을 가다듬어 최대한 버텨라! 어설프게 마법진을 그렸다간 죽도 밥도 되지 않는다!"

어두운 거실에서도 선명하게 창백해진 얼굴을 보며 맞은편에서 흐르는 땀을 닦아내던 다른 인영이 매서운 어투로 창백해진 인영을 다그쳤다.

그가 겪고 있는 마나 고갈의 고통이 얼마나 큰지, 그리고 조직원 중 최고 베테랑으로 선별되어 온 그가 왜 저렇게 쉽게 마나 고갈상태가 되었는지, 다그치는 인영은 그 이유를 잘 알고 있었다. 하지만 지금만큼은 반드시 버텨내야 했다.

아무리 그들 조직의 조직원을 구하는 게 힘들다고 한들, 10년을 기다린 실험만큼 중요할 수는 없었다.

끄덕.

안쓰러울 만큼 핼쑥한 몰골의 인영이 작게 고개를 끄덕였다.

그 역시도 지금 자신이 맡은 일이 그들에게 있어 얼마나 중요한 일인지 알고 있는 탓이었다.

"후으……! 후욱!"

조언에 따라 호흡을 가다듬은 인영이 다시 고개를 끄덕이자 이내 맞은편에 있던 인영의 손이 다시 기민하게 움직이기 시작했다.

그렇게 한 시간가량이 지났을 때였다.

두 인영이 약속이라도 한듯 동시에 몸을 일으켰다.

바닥을 향해있던 그들의 몸이 일으켜진 게 신호라도 된 듯, 그들에 의해 그려진 은은하게 빛나던 그림들이 눈이 시릴 만큼 푸른빛을 뿜어내기 시작했다.

부우우우웅—.

"완성……됐다."

"우욱!"

그 모습을 보며 땀을 흘리던 인영은 환호했고, 창백한 얼굴의 인영은 토악질이 나오려는 입을 틀어막으며 더 이상은 참을 수 없다는 듯 화장실로 향했다.

'이제… 마법이 제대로 발동만 한다면……!'

환호하던 인영은 동료의 상태는 안중에도 없다는 듯, 바닥에 뉘어뒀던 소년을 들어 빛무리 한가운데에 '배치' 했다.

그렇게 10년을 준비해온 그들의 마지막 부품이 자리에 들어가자 바닥의 빛이 더욱 강렬해졌다.

"오오—! 오오오오!"

격정에 찬 목소리에 급하게 화장실에서 뛰어나온 다른 인영은 한결 편해진 얼굴로 빛무리 속에서 몸이 떠오르기 시작한 소년을 바라봤다.

소년의 몸이 떠오름과 동시에 바닥에 그려져 있던 그림들 역시 허공으로 떠올랐고, 그것들은 소년의 몸을 중심으로 어떤 특정한 패턴을 그리며 더욱더 발광하기 시작했다.

"제발……! 제발!"

"성공해라!"

그 역동적인 모습에 두 인영은 두 주먹을 꽉 쥐며 '제발'을 연신 외쳤다.

그런 그들의 간절함에 대답이라도 하듯 마침내 소년의 몸에서 눈을 멀어버리게 할 정도로 강렬한 빛이 뿜어져 나왔다.

파아아앗!

그 강렬한 빛을 정면으로 마주한 두 인영은 잠시 눈을 감았다가 천천히 눈을 떴다.

으드득.

"실……패로군."

"이럴… 수가."

바닥에 가득하던 그림들이 흔적도 없어진 그곳엔 처음 그들에 의해 들려나왔을 때와 똑같은 모습으로 곤히 잠들어 있는 소년이 있었다.

"이… 이이……!"

기대와는 너무도 다른, 허탈한 결과 탓일까.

망연한 표정으로 소년을 바라보던 인영이 이내 말로 형용할 수 없을 만큼 일그러진 표정으로 소년에게 성큼 다가

갔다.

그와 동시에 그를 잡아당기는 손길이 있었다.

덥석-.

절레절레.

그를 바라보며 조용히 고개를 젓는 인영의 모습에 손에 잡혀 멈춰선 인영은 억울하다는 듯한 표정으로 중얼거렸다.

"하지만……!"

"안 돼. 이곳은 '그곳'이 아니다. 이런 녀석 하나 죽여서 흔적을 없애는 거야 일도 아니지만… 이곳의 치안력을 생각한다면 어린애가 실종된다면 귀찮아질 것이다. 그런 쓰잘머리 없는 곳에 마나를 소모하느니 차라리 이대로 두는 게 더 좋다."

"제기랄."

흥분된 감정을 억누를 수밖에 없는 논리적인 이유에 소년에게 다가가던 인영은 언젠지 모르게 그의 손에 떠올라 있던 노란 빛무리를 지울 수밖에 없었다.

"기회는… 다시 올 것이다. 오늘은 무리를 했으니 몸을 추스르고 다음 실험체가 완성되길 기다려라."

"……알겠습니다."

어느새 차분한 표정으로 돌아온 인영은 잠시 소년을 노려보곤 소년의 방부터 시작해서 거실까지 자신들이 있었던 흔적을 정리하기 시작했다.

그사이 여전히 잠에서 깰 줄 모르는 소년을 내려다보던 다른 인영은 그의 눈에만 보이는, 조금 전 그들에 의해 소년의 몸에 강제로 주입되었던 마나가 천천히 흩어지는 모습을 보며 아쉬운 표정을 지었다.

아주 조그마한 변화라도 있길 바라며 관찰을 했지만, 소년에게선 조금 전 몸속에 거대한 마나가 가득했던 게 거짓말이라도 되는 양 어떠한 변화도 찾아볼 수가 없었다.

"정리 끝났습니다."

"……위쪽엔 어떤 변화점도 없었다는 보고를 더해 실패를 알리도록."

"……알겠습니다."

그것을 끝으로 더 이상 그들 간의 대화는 이어지지 않았다.

마지막으로 잠들어 있던 소년을 도로 방에 데려다 놓은 그들은 처음 나타났을 때와 마찬가지로 그렇게 사라져버렸다.

그들이 소년의 몸을 방에 들여다 놓던 그 시각.

소년은 신비로운 꿈을 꾸고 있었다.

마치 자신이 하나 더 있는 듯한 기시감.

자기 자신을 또 다른 내가 관찰하는 것 같은 기묘한 꿈이었다.

사실 지금 소년의 정신이 깨어난 것은 꽤 오래전의 일이었다. 비록 주변의 상황 같은 건 전혀 알 수가 없었지만 최소한 지금 자신이 꿈을 꾸는 상태란 것은 일찍이 느끼고 있었다.

그도 그럴 것이 소년의 주변을 가득 매우고 있는 푸른 안개는 현실에선 볼 수 없는 기사(奇事)였기 때문이다.

하지만 그것도 잠시, 어느 순간부턴가 소년은 바닥에 드러누운 자신의 모습이 선명하게 보이기 시작했다.

선명하게 보이기 시작한 꿈속에서, 소년은 자신의 몸이 처음 보는 남자들에게 들려 자신이 잠들어 있는 방에 들어가는 모습을 볼 수 있었다.

이런 신기한 모습에 소년은 다시 한 번 이게 꿈이라는 것을 느끼는 한편, 언젠가 책에서 읽었던 유체 이탈이란 게 이런 기분이 아닐까 하는 생각을 했다.

그렇게 남자들에게 안긴 자신의 모습이 완전히 소년의 시야에서 사라질 무렵, 소년의 꿈이 한층 선명해졌다.

아니, 선명해졌다는 느낌이었지만 어째선지 시야는 더 흐릿해졌다.

주변은 파란 물안개로 가득했고 그것이 맨 처음 꿈임을

알았을 때 자신의 시야를 가리던 안개임을 깨달은 소년이었지만 소년의 관심은 그런 것보다 그 파란 안개가 전해주는 기묘한 감각에 마음이 이끌렸다.

'이게 뭐지?'

마치 부드러운 털 뭉치가 몸을 타고 흘러내리는 듯, 깃털보다도 가볍고 부드러운 감각이 소년의 몸을 지배했다.

그렇게 안개가 전해주는 신비한 감각에 몸을 맡기고 있던 소년이 문득 떠올린 것이 있었다.

'그러고 보니 저 안의 나는 어떻게 된 거지?'

조금 전까지 자신의 잠든 모습을 3자의 입장에서 바라본 사람에게 있어 아주 간단하면서도 당연한 의문이었다. 하지만 그 간단한 물음을 통해 소년이 또 다른 자신을 '인지' 한 순간, 꿈은 더 이상 소년에게 호의적이지 않았다.

쑤와아아악-!

'어? 어어엇!'

갑자기 소년의 몸이 있는 방에서 어마어마한 흡인력이 느껴지며 소년을 빨아들였다.

지탱할 곳이 없던 소년은 허공에 손을 뻗어 빨려 들어가는 것을 피하고자 했다. 하지만 소년의 힘이 약한 탓인지, 아니면 이 이상한 흡인력이 너무도 강한 탓인지 눈 깜빡할 사이에 소년은 옴짝달싹도 못한 채 자신의 방문에 달라붙어 서게 되었다.

하지만 흡인력은 이에 만족하지 못했다는 듯 계속해서 소년을 끌어당겼다.

소년은 다급한 마음에 벽을 짚어도 보고, 방문의 손잡이도 잡아보았지만 어째선지 손에 잡히는 것은 없었다.

그렇게 소년의 손이 허우적거리며 허공을 가르던 이때.

소년의 손에 한 움큼 쥐어지는 게 있었다.

여태껏 아무것도 잡히지 않던 손에서 느껴지는 놀랍도록 선명한 감각에 소년이 고개를 돌려 자신의 손을 보고자 했다.

그렇게 소년의 시야에 자신의 손이 들어서는 순간.

소년의 의식이 끊어졌다.

다음 날.

소년이 깨어났을 때, 세상은 조금 바뀌어 있었다.

아니, 넓은 세상은 바뀐 게 없었으나 소년의 세상에는 조금 변화가 있었다. 그날을 기점으로 소년의 모든 것이자 소년의 세상이던 아빠가 더 이상 집에 찾아오지 않게 되었으니 말이다.

대신 소년에게 엄마가 생겨난 날이기도 했다.

그로부터 수년 후.

소년이 꿈을 꾼 날과 똑같은 달이 뜬 그날 밤.

조금 더 자라난 소년은 지친 몸을 침대에 뉘이며 그간 반복되어온 밤을 맞이하고 있었다.

지난 몇 년은 소년에게 있어 지옥과도 같았다.

그에겐 더 이상 그의 모든 것을 대변하던 아빠가 남아있지 않았고, 그의 대체제로 찾아온 엄마는 소년의 세상이 되지 못했다.

자신이 책을 통해 익혀온 세상과 현실의 괴리는 피폐해진 소년의 정신을 갉아먹었고, 괴리의 간극을 이해하는 과정에서 소년은 무던히도 많은 핍박을 받았다.

소년은 스스로가 지쳤음을 인정했다.

더 이상 버티기 힘들다는 생각에 조금은 극단적인 생각이 떠오르기까지 했다. 하지만 그럼에도 실천할 용기는 없었다.

정확히는 극단적인 생각의 결과가 두려운 것이 아니었다. 그가 용기를 냈을 때, 지금은 사라져버린, 옛날 소년을 지탱하던 그의 세상이 완전히 자신에게서 떠나갔음을 확인받게 되는 것. 그것이 소년의 가장 큰 두려움이었다.

창문으로 비쳐드는 슈퍼문의 달빛을 바라보며 조용히 눈을 감았다.

자신이 잠에서 깨어났을 때 자신이 배워온 세상이 괴리를 극복하기를 소망하며.

눈을 뜬 새로운 아침엔 자신의 세상과 현실의 간극이 조금은 좁혀져 있기를 바라며, 그렇게 눈을 감았다.

그날 밤, 소년은 기억에서 잊혔던 수년 전의 꿈을 되풀이했다.

제3자가 되어 자신을 바라보는 꿈. 어디론가 빨려 들어가는 꿈.

그리고 그 꿈이 끝났을 때, 소년은 또 다른 꿈을 꾸게 되었다.

수백 년에 걸친 장대하고 위대한 꿈을 말이다.

1.

꿈

말.

오늘도 역시 그것에 대해 의문을 던져봤다.

말의 기원은 무엇일까? 처음 말이 존재하게 된 이유는 의사소통의 필요성이었을 것이다.

원시시대, 인류가 유인원으로서 존재하던 시절에도 그들에게는 그들만의 의사소통법과 언어체계가 존재했을 것이다.

그렇지 않았다면 그들은 더 나은 인류로 진화할 수 없었을 것이며 옛날 옛적에 멸종하여 '인류'라는 단어 자체도 존재하지 못했을 것이다.

지금으로 따지면 고대의 유사인종과 관련한 역사적 자료 정도로밖에는 남지 않았을 것이다.

그만큼이나 지금 인류의 조상이라 할 수 있는 존재는 나약했다. 하지만 언어와 그들만의 의사소통 체계가 생겨난 이후 그들은 힘을 갖게 되었다.

단순히 물리적인 힘이 아닌 정신적인 힘.

그들은 소통을 통해 부족한 힘을, 부족한 지혜를 모을 수 있게 되었다.

그리하여 그들은 더 나은 삶을 추구하는 법에 대해 점차적으로 생각해 나가기 시작했으며, 매 세대를 반복하며 그에 유리한 형태로 스스로의 몸과 정신을 진화시켜 나갔다.

그 결과 현대에 이르러서는 인류는 스스로를 만물의 영장이라 칭할 만큼 위대한 존재로 자리매김하였고 그들과 비슷한 유사인종을 자신들보다 하위의 존재로 인식할 수 있을 만큼의 오만함을 갖췄다.

그렇다면 그들은 자신들 이외의 존재를 눈 아래로 여길 만큼, 진짜로 인간이라는 종 자체가 강해졌기에 그런 말을 하는 것일까?

아니, 그렇지 않을 것이다.

현 인류가 가진 육체적 힘은 극소수의, 극도의 수련을

거친 이들을 제외하곤 오크라 불리는 '유사인종' 만도 못
하며 그 지혜로움 역시 소수를 제외하곤 엘프라는 '유사
인종' 만 못했다.

그 외에도 수많은 '유사인종' 들이 가진 특징과 현 인류
를 비교한다면 인류는 더욱 초라해진다.

그런데 어떻게? 이들 인류는 그들을 '유사인종' 이라고
부를 만큼 오만할 수 있는 것일까?

나는 이 모든 것이 '말' 덕분이라고 생각한다.

유인원 시절 그들의 진화는 스스로, 혼자만의 필요와
생각 속에서 이루어졌지만 그들이 의사소통 방법을 갖춘
뒤 그들은 무리의 필요와 무리가 가진 생각 속에서 진화를
해나갔다.

그리고 진화를 거듭해 그들이 원하는 방향으로 자신들
을 완성시켜 나갔고 그 긴 세월에 의해 만들어진 게 지금
의 인류이리라.

수많은 진화의 흔적은 아직도 현 인류의 몸에 남아있으
니 부정할 수 없는 진실이리라.

물론 이런 내 생각을 설파하고 다닌다면 교황청에서 암
살자를 보낼 테지만… 나는 이 생각이 틀리지 않음을 과
학적으로도 증명할 자신이 있었다.

'하지만……'

진실은 그뿐만이 아니다.

단언컨대 지금의 인류는 옛날에 비해 진화했지만 이 진화는 완전하지 못했고, 종의 한계를 벗어나지 못했다.

그 결과 인류는 오크만도 못한 육체, 엘프만도 못한 두뇌를 가지게 되었고, 그 외의 다양한 유사인종만도 못한 존재로 자리매김하였다.

물론 지금의 모습이 구시대 인류에겐 완성판일지도 모르지만.

생각을 해보라.

그 어떤 존재가 자신들보다 나은 존재가 있음에도 그보다 못한 진화를 떠올릴 수 있겠는가?

만약 그들이 원하는 대로 진화를 해왔다면 지금의 인류는 오크보다 강력한 육체와 엘프보다도 뛰어난 머리를 지니고 있어야 맞는 것이다.

그렇기에 현재의 진화 상태는 불완전한 진화임이 틀림없다.

'어쨌든…….'

이 인류는 이렇게 불완전한 진화를 이루었음에도 불구하고 스스로를 만물의 영장이라 추켜세우기를 멈추지 않았다.

그리고 이런 행동을 가능케 한 모든 것의 중심에는 역

시 '말'이 있다고밖에는 설명할 수 없다.

스스로의 말로써 스스로를 추켜세우고, 누군가의 업적을 대대로 기리며, 그런 누군가의 후손으로 존재하는 자신의 가치를 높이는 행위를 반복한 끝에 그들은 지금의 오만함을 갖추었으리라.

그리고 이런 행동을 가능케 한 '말'이 있었기에 그들은 현존할 수 있었으리라.

인간이 가진 것 중 가장 큰 힘이라고 할 수 있는 말.

자신이 가진 부족한 면모를 알고 있음에도, 명백히 자신보다 뛰어난 다른 존재를 짓밟고, 그 위에 서서 콧방귀를 뀔 수 있게 하는 엄청난 힘을 부여하는 것이다.

이것은 말이 가진 무궁무진한 힘 중 하나였다.

그리고 나는 이 무궁무진한 힘을 연구하는 학자로, 아까 말한 바 있는 신인류 급 극소수 중 한 명에 해당했다.

"올해로… 정확히 400년째."

나의 나이 올해로 400하고도 18살.

여태껏 구부정하게 앉아 있던 의자 등받이에 등을 기대며 이곳, 낯선 곳에 떨어져 지금의 위치에 오기까지의 일을 짧게 회상했다.

그리고 내가 가진 힘과, 이 힘의 원천이 되는 것에 대해 다시금 생각했다.

하지만.

'모를 일이다. 모를 일이야.'

수백 년에 걸쳐 말에 대해 연구했지만 아직도 나는 부족함을 느낀다.

말의 기원에 대해 연구하고 또 연구했지만 그 힘이 흘러나오는 원천에 대해서는 아직까지도 알지 못한다.

'연구 방향을 잘못 잡은 걸까?'

수백 년 연구 끝에 이제 와서 회의감이 든다.

나는 말이 가진 힘의 기원을 쫓는 게 아니라 어쩌면 말 자체의 힘에 더욱 집중해야 했는지도 모른다.

물론 지금에 와서는 그런 연구 역시 병행하고 있기에 크게 다르지는 않지만 동시에 둘을 진행하는 것보다는 한 번에 하나의 일을 하는 것이 효율은 더욱 좋지 않겠는가.

나는 책상 위에 놓인 집필 중이던 책을 덮고, 자리에서 일어나 뒤에 배치된 침대로 곧장 걸어갔다.

그러자 언제부터였는지 내 머리 위에서 빛을 밝히던 조그만 빛덩어리가 나를 졸졸졸 따라온다.

내가 자리에 눕자 아까 책상 앞에 앉아있을 때처럼 내 머리 위에 고정되어 내 앞을 밝혀준다.

어둠 속에서 불을 밝혀준다는 것은 설령 맹인에게라도 고마운 일이다.

본인은 보이지 않지만 남들에게 스스로를 알릴 수 있으니 보이지 않는다고 한들 남들이 그 맹인에게 부딪힐 일은 없으니 말이다.

하지만 지금 내가 원하는 것은 내 앞의 저 빛 덩어리의 호의가 아니었다.

"불 꺼."

나의 말 한마디에 단숨에 아스라한 빛으로 점멸하다 사라지는 빛 덩어리를 보면서 나는 조심스레 눈을 감았다.

그리고 꿈을 꾸었다.

내가 그토록 원하고 갈구하던 말이 가진 힘의 원천을 눈앞에서 목도하는 꿈.

그 원천이 포근하게 나를 감싸 안는 꿈이었다.

마치 내가 이곳에 온 그날처럼.

*　　　　*　　　　*

어둡다.

그가 잠에서 깨어났을 때 느낀 첫 감상이었다.

'몇 시간을 잔 거지?'

수백 년의 삶을 살아온 그에게 시간의 흐름이 가장 크

게 와 닿았던 변화는 잠이 없어졌다는 점이었다.

흔히들 나이가 들면 잠이 없어진다는 말을 하곤 하는데, 사실 그런 것보다도 인간 한계를 넘어선 강력한 육체가 많은 잠을 요구하지 않았기 때문이다.

그렇기 때문에 간혹 눈을 뜨면 여전히 밤인 경우가 꽤 잦은 편이였다.

다만 오늘만큼은 다른 점이 있다면……

'유달리 어둡고… 몸이 무겁군.'

어두운 것은 여느 때처럼 여전히 밤이거나 구름이 심하게 껴서 달빛조차 가렸으리라 생각했기에 납득했지만, 몸이 무거운 것은 조금 납득하기 힘들었다.

살아온 세월만큼이나 많은 일을 겪어왔지만 병에 걸린 일은 살면서 많지 않았다.

수백 년간 마법을 수련하면서 질병에 저항력이 생기고 몸이 강해졌을 뿐 아니라, 300년 전부터 꾸준히 마셔온 엘프의 차가 육체 자체의 면역력과 생명력을 증대시켰기에 대륙이 초토화될 만한 전염병이 돌아도 그에겐 털끝만한 피해도 입히지 못했다.

물론 엘프의 차가 아니더라도 과연 그의 몸이 질병에 걸릴 수 있는지가 의문이긴 했다.

'그래도 이런 게 내가 인간이란 증거겠지.'

보통의 인간으로선 상상할 수도 없는 긴 세월을 살아온 몸은 가끔 스스로가 인간이 맞는지 의구심을 들게 하던 참이니, 이런 몸의 변화도 인간이기에 겪는 일이라고 생각하며 긍정적으로 생각하기로 했다.

'그나저나 이 퀴퀴한 냄새는 뭐지?'

일평생 청결이야 말로 무병장수를 위한 첫 번째 실천 덕목이라는 말을 설파하는 것으로 대륙의 질병 감염률을 30%나 떨어뜨린 사람이 바로 그였다.

마법에 능숙지 못하던 때에도 한겨울에 몸을 달달 떨며 창문을 열고 환기를 시키던 몸이었다.

그런 사람이 사는 곳에서 이런 퀴퀴한 냄새라니… 있을 수 없는 일이었다.

'내 방이 아닌가?'

문득 그런 생각이 들었지만 그는 이내 고개를 저었다.

여기가 자신이 잠든 방이 아닐 리 없었기에.

어차피 그에겐 이 상황을 단숨에 정리할 방법이 있지 않던가?

"클린."

몸 상태가 안 좋은 탓인지 오늘따라 감각에 잡히지 않는 마나를 향해 명령을 내렸다.

본래 마나를 감지하지도 못하는 상태로 마법을 쓴다는

건 말도 안 되는 일이지만 최소한 그에게 있어서만큼은 예외였다.

하지만.

"……?"

퀴퀴한 냄새는 여전했고 발동한 마법은 나타나지 않았으며 눈앞은 여전히 한치 앞을 분간하기 힘들 만큼 어두컴컴했다.

몸이 많이 안 좋은 것일까?

그런 생각도 무리가 아닌 것이, 그의 나이 60 이후로는 마법을 발동하여 실패해본 역사가 없었기 때문이다. 그러니 지금의 현상이 그의 실수라기보다는 어떠한 외적 요인으로 인한 실패라고 생각하는 것이 합당했다.

하지만 그는 이런 사소한 것에 긴 고민을 갖지 않았다.

그는 대륙 최고의 언령 마법사이고 수백 년의 세월 속에서 자신 앞에 놓인 문제를 풀 때 누군가의 손을 빌려본 역사가 없는 몸이었으니 말이다.

'몸에 문제가 있긴 한가 본데… 확인을 위해 일단 불이라도 켜볼까?'

"불."

반사적으로 시동어를 외쳤지만 여전히 묵묵부답으로 응당 있어야 할 반응은 나타나지 않았다.

하지만 역시 실망하지 않는다.

'뭐, 클린이 발동이 안 되었으니 당연한 건가?'

오히려 당연하다 생각했다.

그리고 새로운 대응책을 생각했다.

'일단 가장 좋은 방법은 물리적인 불을 찾는 것일 테지만……'

하지만 이곳 저택에는 단 하나의 촛불도, 단 하나의 마법등도 존재하지 않았으며 무언가를 덥히기 위한 불도 존재하지 않았다.

왜냐하면 필요할 때마다 마법으로 불을 일으키면 되는 것이었기에.

'오늘 날이 밝으면 촛불이라도 하나 가져다 놔야겠군.'

물론 본인에게 생긴 이상을 해결한 다음의 일일 테지만 걱정은 하지 않았다.

수백 년에 걸쳐 완성된 몸의 생체리듬은 지금 시간이 이른 새벽 내지는 아침이라는 것과 곧 밝은 해가 뜰 시간이라는 것을 알려주고 있었기에, 그는 전혀 걱정하지 않았다.

조금만 있으면 이곳 저택 꼭대기 층에 미관을 위해 설치해둔 커다란 창문을 통해 빛이 쏟아져 들어올 것이다.

만약 아까 생각한 대로 구름에 가렸다고 한들 아침의

밝은 햇살은 이 어두운 공간에서 사물을 식별할 정도의 빛은 충분히 제공해 주리라.

그는 믿어 의심치 않았다.

그리고.

마침내 해가 올랐다.

그는 눈을 비비고 빛이 든 방 안을 훑었다.

"……."

불과 약 2~3미터 떨어진 곳, 사람 머리 높이 정도에 위치한 작은 창문에서 쏟아져 들어오는 빛은 이곳의 처량한 현실을 알려주고 있었다.

적당히 개어져 바닥에 놓인 옷가지.

비좁은 방 안을 채우는 낡은 책상.

그 위로 놓인 어둠 속에서도 땟자국이 선명한, 뒤통수가 툭 튀어나온 오래된 컴퓨터 모니터.

그 주변으로 어지럽게 흩어져 있는 각종 교과서를 비롯한 학용품들.

고장 난 채 시간조차 알리지 못하는 낡아빠진 자명종.

그리고…….

마모되어 앙상해진 '돌하르방' 반쪽.

그가 아니, 현우가 현실을 인식하기까지는 많은 시간이 걸리지 않았다.

"꿈……? 아니, 이게 꿈인가?"

400년 전 이 자리에서 잠들었다가 깨어난 낯선 곳에서 만난 이방인들도, 다른 세상에서 넘어온 현우를 친손자처럼 대하며 마법을 가르쳐주었던 스승님도, 종횡무진 대륙을 누비며 마법을 고뇌하고 마법을 연구하고, 수백 년에 걸쳐 마법의 진리를 찾아 헤매던 순간들이… 꿈일 리가 없었다.

현우는 지금 이 순간이야말로 진짜 꿈이라고 믿고 있었다.

삐이걱-.

현우는 몸의 무게를 견디지 못하고 신음하는 침대에서 내려와 방바닥에 발을 디뎠다.

싸늘하게 식어 있는 방바닥의 촉감이 지금 이곳이 현실이라고 알리고 있었다.

하지만 여전히 현우는 인정하지 않았다.

이 퀴퀴한 냄새가, 어두컴컴한 방이 현실일 리가 없다고 생각하며 현우는 몇 번이고 지금 순간이 꿈임을 떠올렸다. 그리고 이때 불현듯 시간을 알아야 할 필요성을 느꼈다.

정말 만약에라도… 정말 만약이라도 이게 꿈이 아니라면… 그토록 기나긴 꿈을 꾼 현우의 시간은 못해도 몇 달… 아니 몇 년은 지나있어야 했다.

그리고 인간의 몸에 대해 잘 알고 있는 만큼 그게 불가능함을 알기에, 현우는 지금이 꿈임을 입증해줄 '불가능'을 찾아 시계를 찾아 나섰다.

'시계… 시계가 어디 있더라?'

너무 오랜만에 '현실'로 돌아온 탓일까?

현우는 고장 난 자명종을 대신하기 위해 학교 앞 문구점에서 구입했던 전자시계를 찾았다.

자신의 이런 행동이 정말 여태껏 이곳에 있던 것처럼 한 점의 어색함도, 한 톨의 망설임도 없었기에 현우는 소름이 돋을 지경이었지만 불행인지 다행인지 시계는 찾을 수가 없었다.

잠에서 깨어나기 전까지만 해도 거대한 저택 안에 놓인 모든 물건의 배치까지 인지하고 있던 것을 생각하면 참 웃기지도 않는 일이라고 할 수 있었다.

그래서 조금은 안도했다.

지금 순간이 꿈이었다.

어렴풋이… 아니 떠올리는 순간 생생해지는 400년 '이전 날'의 기억과 달리, 이곳에 시계가 없다는 것이 현우를 안도케 했다.

그 순간.

톡.

안도의 한숨과 함께, 힘이 풀린 다리가 헛짚은 곳에 느껴지는 이물감.

이물감이 느껴지는 곳은 언제나 현우가 자기 전, 전자시계를 풀어두던 침대 머리맡 근처의 바닥이었다.

"하… 하하… 설마……."

조금 낡긴 했지만, 흑백이 선명한 전자시계의 초침은 거침없이 움직이고 있었다.

전자시계인 만큼 째깍째깍 소리는 없었지만… 이곳 '꿈속'의 시간은 빠르게 지나가고 있었다.

그리고 전자시계가 10분을 표시할 때.

"아이 참! 엄마! 왜 안 깨워주셨어요!"

"어머? 엄마는 분명 깨웠거든? 알겠다고 계속 대답만 하고 안 나온 게 누군데?"

"그, 그건… 아무튼!"

투닥투닥, 높은 하이톤의 대화소리.

방문 밖에서 현우가 오래도록 잊고 지낸 목소리가 들려왔다.

아니, 정확히는 잊고자 했던 것 중 가장 상위에 있던 목소리들이 들려왔다.

'뭐야? 설마……?'

그 목소리에 현우는 귀를 의심했지만 잊었다고 생각한 '두 모녀'의 목소리는 생생하게 현우에게 전달되고 있었다.

비틀.

다시 한 번 힘이 풀린 현우가 갈피를 잡지 못하고 방을 허우적거리고 있을 때.

벌컥 문이 열렸다.

흠칫!

"……!"

환한 거실의 형광등 불빛을 등지고 선 길쭉한 인영은 어둠 속에서 허우적대는 현우를 발견하곤 눈을 빛냈다.

"너……! 왜 아직도 학교 안 갔어?"

지금 시간은 8시 10분여.

현우의 기억이 맞는다면 고등학교 2학년생인 현우는 10분 전에 학교에 도착해야 했고, 마찬가지로 현우의 기억이 맞는다면 평소의 현우는 남들보다 훨씬 일찍 등교를 했기에 지금 시간엔 집에 없어야 했다.

하지만.

'이건 꿈이잖아?'

꿈속에서조차 그곳을 가야 한다는 말인가?

현우가 잊고자 했던 것들의 집약체인 그곳에?

아니, 그보다는…….

'꿈에서조차 이런 상황이 되어야만 했던 것일까?'

방문을 막아선 인영은 슬쩍 거실에 있을 '엄마'의 눈치를 살피는가 싶더니 이내 불쑥 방 안으로 들어왔다.

조용히 문을 닫고, 거침없이 현우에게 다가왔다.

그리고.

퍽!

"우욱!"

너무 아프다.

꿈속인데.

이곳이 현실인 것처럼 너무 너무 아팠다.

저 조막만 한 주먹에서 어떻게 저런 힘이 나오는 것인지, 현우는 400년 전부터 의문이었다.

"야! 니가! 학교를! 안 가면! 어떡해! 응?"

퍽! 퍽퍽!

학교를 가지 않은 것.

그것을 이유로 현우는 맞고 있었다.

그렇지만 그것이 현우보다도 '한 살 어린 여자애'에게 맞을 만한 이유인 것일까?

평범한 가정이라면 아들이 늦잠을 자서 학교 등교시간이 지나도록 방에 있다면 엄마에게 등짝을 맞을 수는 있을 것이다.

결코 여자애의 무차별적 구타 같은 게 있을 만한 이유는 아니었다.

하지만… 어째선지 거부감은 없었다.

마치 이것이 당연한 일상처럼, 현우의 몸 곳곳을 파고드는 고통이 모두 일상처럼 느껴졌다.

그것은 마치 지금이 현실이라고, 현우에게 계속 주지시키고 있는 것 같았다.

'아파, 왜? 꿈인걸? 이렇게 아픈데 왜 꿈에서 깨지 않지?'

맞는 내내 여러 가지 생각이 머릿속을 스쳐 지나갔지만 그 수많은 생각, 400년간 쌓인 지식, 지혜 중에 그 어떤 것도 지금 상황에 대응을 한다는 항목은 나타나지 않았다.

그저 최대한 고통을 줄일 수 있게.

몸을 동그랗게 말고 머리를 감싸 안는 것.

그것이 현우가 고통에 대응한 유일한 행동이었다.

그리고 이 행동은 400년 전보다도 훨씬 일찍부터 현우가 일상에서 해온 행동과 똑같았다.

"헉… 헉… 너! 오늘 일로… 후우… 나중에 집에 전화 와서… 하악… 나랑 같이 산다든지 하는 소리 들리면… 후… 진짜 죽일 거야."

"……."

지칠 만큼 한참을 때려놓고는 아무렇지 않게 죽인다는 소리를 하는 여자애의 말은 어째선지 너무나도 일상적이게 들려왔다.

'칼롯 코즈너'라는 마법사, 대언령사라 불렸던 400년 세월 속에서 죽음에 대한 감각이 무뎌져서?

아니, 그것은 아니었을 것이다.

말 그대로 너무나도 일상적이라서… 그야말로 일상이라서 현우에게 그렇게 들린 것이리라.

조용한 현우의 태도가 마음에 안 들었는지 마지막으로 현우의 머리를 한번 차는 것으로 구타를 마무리한 여자애는, 휙 돌아서선 조금 전 방에 들어올 때와는 달리 조심스레 방문을 열고 거실의 눈치를 살폈다.

그러곤 현우가 빤히 보는 그 앞에서 현우의 지갑 속 지폐 몇 장을 꺼내 쥐고 재빨리 문밖으로 뛰어나갔다.

마치 이곳에서 있었던 일과 무관하다는 듯이, 발랄하게.

"……."

여전히 방 한가운데 웅크리고 있던 현우의 귓가에, 다시 한 번 밖의 목소리가 들려왔다.

"어머! 너 아직도 학교 안 갔어?! 어쩌려고 그래!"

"아잉! 엄마도! 어차피 지각인데 조금 더 늦는 게 어때서 그래~!"

"어머 어머, 얘 좀 봐! 큰일 날 소리 하네! 너 그러다 학교 가서 혼난다?"

마치 이곳에서의 일은 두 사람 중 아무도 모른다는 듯 이어지는 평범한 대화.

이조차도 현우에겐 일상으로 들려왔고, 실지로도 이것은 일상이었다.

삐빅! 철컥!

그사이 현관 바로 앞에 있는 현우의 방문 너머로 현관문이 열렸다 닫히는 소리가 들렸다.

아마도 '누군가'가 집을 나선 것이리라.

그제야 웅크리고 있던 현우의 몸이 길게 펴졌다.

그러곤 고통을 식히듯, 차가운 벽에 등을 기댔다.

'김··· 예린.'

조금 전 현우를 때리고 학교로 출발한 여자.

현우보다 한 살 어리고, 현우와 달리 학교에서 예쁜 외모로 인기 있는 여자애이며.

선생님들에게도 인기 있는 우등생.

누구에게나 친절한··· 현우의 여동생.

아니, 실제로 여동생이 맞는지 확인할 수는 없었지만···
아버지가 갑자기 사라지고 아버지의 편지 한 장을 들고 나타난 두 모녀가 각자 자신들을 엄마와 여동생이라고 알려 줬기에 여동생으로 알고 있을 뿐이었다.

물론 그들이 생모도, 친동생도 아니란 걸 현우는 잘 알고 있었지만.

아버지가 한 말이었기에 현우는 의심 없이 받아들였다.

그 결과, 자신이 가지고 있던 생각, 그중 엄마에 대한 생각을 더욱 확고히 할 수 있었다.

역시 현우의 생각대로 엄마란 존재는 포용, 부드러움, 따듯함… 그런 것들과는 거리가 멀었다.

그 단적인 예로… 조금 전의 상황.

거실의 수다와, 문이 여닫히는 소리까지 생생하게 전달되는 저 문을 통해, 현우가 구타당하는 소리가 전해지지 않았을 리 없었다.

하지만… 변하는 것은 없었다.

그리고 이런 일이 일상이 되었을 때.

현우는 자신의 생각을 더욱 견고히 했다.

엄마란 책이 말하는 것과 전혀 다른 생물이라는 것을 말이다.

'나는… 이제 어쩌지?'

어렴풋이 깨닫고 있다.

인정하기는 싫지만… 생생하게 몸이 느끼고 있었다.

이 등 뒤로 전해지는 차가움이, 몸 곳곳의 얼얼함이.

여전히 멈추지 않고 움직이는 시계가.

이 모든 게 현실이라고.

현우는 지금…….

"꿈을… 꿨던 걸까?"

대륙을 종횡무진하고, 악을 판별하고, 어려운 이에게 지혜를 나누고, 마법과 언령의 진리와 근원을 찾아 끝없이 탐구했던 400년의 시간.

그 모든 것이 꿈임을… 현우는 점차 깨달아가는 중이었다.

'그렇다면 나는… 학교를 가야 하는 것일까?'

본래의 등교에 비해 이미 많이 늦은 시각.

아마 보통의 사람이라면 이런 혼란스러운 상황, 심란한 마음이라면 한 번쯤 학교를 가지 않는 것을 고려해 봤을 것이다.

하지만.

벌떡-.

현우는 자리에서 일어나 주섬주섬 등교 채비를 갖추기 시작했다.

일상 속의 현우는 집에서도, 학교에서도 많은 문제를 가지고 있었지만 최소한 그의 겉모습만을 보는 이들에게 있어서 그들 눈에 현우는 완벽해야만 했다.

그것은 일종의 괴질.

책을 통해 세상을 배워온 현우에게 있어 책 속에서 바른 것이라 말한 것을 성심성의껏 행동하는 현우의 괴질이었다.

그리고 현우가 읽은 책 중에 그 어느 곳에도 학교를 가고 싶지 않다고 가지 않는 게 바른 것이라 설명한 책은 단 하나도 없었다.

물론 이런 괴질의 원인은 단순히 책을 통해 배웠기 때문만은 아니었다.

현우에겐 그보다도 큰 이유가 있었다.

이토록 바르게 생활을 하고 있다면, 언젠가는… 아버지로부터 관심을 받을 수 있지 않을까 하는… 그런 생각이 주된 원인이었다.

유년시절 현우의 모든 것이었던 현우의 아버지는, 여타의 다른 아버지들과는 다른 점이 많은 사람이었다.

어린 현우에게 무언가를 가르치지도, 훈계하지도, 훈육하지도 않았다.

그저 매번 지그시 바라만 볼 뿐.

그럴 때면 언제나 현우는 아버지의 관심을 이끌기 위해 이런저런 일을 일삼았다.

일부러 장난을 쳐보기도 하고, 일부러 혼날 일을 만들었으며, 여러 가지 눈살을 찌푸릴 만한 일을 많이 저질렀다.

하지만 바뀌는 것은 없었다.

현우의 아버지는 언제고 현우를 지그시 바라만 볼 뿐.

그러던 어느 날, 현우가 주워섬긴 책 속 한 구절에, 현우는 아버지의 표정이 변하는 것을 목격했다.

바로 다음 날부터, 현우는 미친 듯이 책을 탐닉하기 시작했다.

의미도 모르는 단어들의 나열을 계속 읽어나가면서, 현우는 아버지와 씨름했다.

그리고 한편으로 생각했다.

자신이 그동안 아버지의 관심을 이끌어내기 위한 행동들과 반응을 보였던 일의 차이점.

그 차이점은 단순히 책만이 아니라는 것이 어린 현우의 결론이었다.

모두의 눈살을 찌푸리게 하는 나쁜 행동과, 모두가 칭찬하며 관심을 주는 바른 행동의 차이.

현우는 그 차이를 인식했고, 그 이후로 현우의 행동은 '바름'을 중심으로 했다.

누구나 아무렇지 않게 할 일에 대해서도 책을 기준 삼아 옳고 그름을 따졌다.

누군가 상세히 가르쳐준 사람이 없기에 현우의 기준은 언제나 책이었다.

그래서였을까?

현우는 주변 사람들로부터 인기가 없었다.

현우가 초등학교에 들어가 처음 그가 가진 지식을 쏟아내기 시작했을 때는 선생님도, 친구들도 모두 그를 천재라 추켜세우며 고개를 끄덕였다.

그리고 이는 현우가 생각한 '바름'이 효과를 내는 것이라 본인 스스로 생각했다.

하지만 그게 한 해, 두 해… 계속해서 이어지고 현우의 객관적 지식이 여타 다른 어른을 한참 압도할 때쯤, 현우는 그들의 시선이 예전과 같지 않다는 것을 확실히 느낄 수 있었다.

무언가 혐오스러운 것을 보는 듯한 시선, 짜증, 경멸.

이젠 익숙해진 시선들이 언제나 현우를 향했다.

하지만 현우는 걱정하지 않았다.

그가 행하는 일들은 모두 '책'이 알려준 '바른' 행동이기에.

이를 이상하게 보거나 나쁘게 보는 것은 그들이 가진 인간적 결함 때문이라고 치부했다.

자신이 하는 모든 행동이 잘못되지 않았음을, 책이 알

려준 인생 '매뉴얼'의 내용대로 행동하는 자신에겐 아무런 문제가 없음을 믿어 의심치 않았다.

그렇게 지낸 것이 10년이었다.

현우는 처음과 다름없이 행동했고, 나이를 먹을수록 풍족해진 지식은 현우를 싫어하고, 괴롭히는 이들이 왜 그런 행동을 하는지 머릿속으로 이해하기 시작했다.

하지만 그렇다고 한들 포기할 수는 없었다.

현우는 그의 아빠 앞에서 완벽하고 바른 사람이어야만 했다.

현우는 자신의 고집을 꺾지 않았다.

그 결과가 지금이었다.

'학교… 가고 싶지 않아……'

학교에 가면 400년 전… 아니 '지금' 시간으로 따지면 약 10시간 전까지 겪었던 일들이 되풀이될 것이다.

주섬주섬-.

그럼에도 현우의 몸은 정직하게 가방을 챙긴다.

현우의 이런 바름, 정직한 행동 등은 꿈이었는지 무엇이었는지 모를 400년의 세상에서 그를 최고의 자리로 이끈 일등공신이었지만, 꿈인지 현실인지 모를 지금 이 순간은 여태껏 그를 괴롭혀온 괴질이었다.

물론 이런 행동이 몸에 밴 것을 후회하지는 않지만, 현우 스스로가 명확히 인식하는 남들과 다른 부분임은 틀림없었다.

'출발 전에 가볍게 씻어야겠군.'

시간은 이미 늦었고 한시라도 빨리 학교에 가야 하지만 앞서 말했다시피 현우는 바름이 판단의 기준인 사람이었다.

그에게 있어 청결은 학교의 지각보다 우선순위에 있는 바름이었다.

아니, 단순히 그런 것보다도 현우의 바름의 판단은 절대적이거나 고정적이지 않았다.

현우가 읽어온 많은 책들에선 다들 같은 주제를 두고도 여러 가지 다른 말을 했었다.

보통의 결론은 비슷비슷했지만 그에 도달하는 과정이나 관점은 대부분 달랐고, 간혹 결과도 다른 경우가 있었다.

즉, 현우 역시 어떠한 상황, 사물에 대해 대응하는 방식이 언제나 같지는 않다는 것이었다.

단적인 예로 평소라면 절대 없을 '지각'이라는 상황에 닥친다면, 곧장 학교로 가거나 혹은 씻고서 청결한 상태로 학교에 간다는 두 가지 선택지를 갖게 되는 것이었다.

물론 보통이라면 학교를 가지 않는다 등의 선택지도 생각할 수 있겠지만, 이미 말했다시피 특별한 이유도 없이 학교를 가지 않는다는 것은 애당초 '바름'에서 어긋나 있었기에 고려 대상이 되지 못했다.

어쨌든 이런 선택에 있어서 현우는 더 많은 것을 얻는 쪽을 택했다.

전자의 경우 불결함과 지각을 얻는 결과가 생기지만 후자의 경우 최소한 불결함을 떨어낼 수가 있었다.

현우의 선택은 언제나 이런 방식이었다.

누군가는 융통성이라고 생각하겠지만 그것은 현우에게 있어서 응용이었다.

융통성과 응용은 엄연히 다른 것.

융통성은 그때그때의 임기응변으로 즉흥적으로 일을 처리하는 것이라면, 현우의 응용은 이미 머릿속에 있는 지식을 상황에 대입시켜 최대의 결과를 도출하는 것이었다.

그리고 이런 부분은 아직까지도 뭐라 확답할 수 없는 400년을 만들어준 힘 중 하나였다.

어쨌거나 행동 루트를 정한 현우는 곧장 방문을 열고 화장실로 향했다.

그러곤 세면대 앞에 섰다.

"……정말 그때의 나로군."

거울 안에는 고집 센 인상의 얼굴을 찌푸린 늙은이도, 선 굵은 얼굴에 강인한 몸을 가진 중년인도 없었다.

그저 그들과 비슷한 멀대같은 키를 가진 유약해 보이는

소년이 있을 뿐.

큰 키와는 별개로 비쩍 마른 몸은 바람에 날려갈 듯 보였고 덥수룩하게 자란 머리는 눈가를 가리며 한층 어두움을 자랑했다.

끼릭-.

쏴아아아.

오랜만에 혹은 어제 저녁 이후 처음으로, 마법으로 불러낸 물이 아닌 현대 기술에 의해 정수 과정을 거친 물이 수도꼭지에서 쏟아져 내리는 모습을 보며 현우는 잠시… 말없이 그 모습을 지켜봤다.

시간이 촉박함을 알지만 왠지 쉽게 손이 움직이지 않았다.

나무토막에 마법으로 정제한 동물의 굵은 털들이 박힌 칫솔 대신 공장에서 제조된 플라스틱으로 만든 칫솔을 바라보며, 현우는 도저히 뭐라 말할 수 없는 기분에 휩싸였다.

그런 기분은 이곳에서의 18년 삶 속에서도, 저곳에서의 400년 삶 속에서도 단 한 번도 느껴본 적 없는 이상한 기분이었다.

쏴아아아.

세면대에 차오르는 물 위로 수도꼭지에서 떨어지는 것

과는 조금 다른 물이 떨어져 내렸다.

*　　　*　　　*

깔끔하게 세면을 마친 현우는 곧장 교복을 챙겨 입고
가방을 멨다.

400년 만에 메는 가방이 어색할 만도 하지만 어째선지
한 점의 어색함도 느껴지지 않았다.

그래서 현우는 쓰게 웃었다.

마음속으로 조금은 어색하길 아니, 굉장히 많이 어색하
길 빌었기 때문이었을 것이다.

다시 한 번 400년을 부정당한 현우는 더 이상 망설이
지 않고 곧장 방을 나섰다.

거실에는 소파에 앉아 TV를 바라보고 있는 여자가 있
었다.

하지만 여자는 현우가 방을 나오는지 어쩌는지, 그런
건 아무런 관심이 없다는 듯 TV에서 눈을 떼지 않았다.

이 역시도 현우에게 전혀 어색하게 느껴지지 않았다.

현우는 또 한 번 쓰게 웃었다.

이젠 진짜로 학교에 가야만 했다.

"불 꺼."

속닥.

현우의 속삭이는 목소리가 아주 작게 맴돌았다.

그리고 세 번째… 쓴 웃음을 지었다.

다시 방문을 열고 켜져 있던 방의 불을 껐다.

딸각–.

많은 준비, 하지만 오래 걸리진 않은 준비 끝에 현관문을 연 현우가 집을 나섰다.

아마도… 400년 만의 등교였다.

                    *   *   *

현우도, 현우의 동생도 모두가 떠난 집 안.

혼자 거실에 앉아 TV를 바라보는 여자가 있었다.

그리고…….

껌–빽.

정전이라고 보기엔 조금 짧게.

형광등의 수명이 다했다고 보기엔 조금 길게.

거실의 불빛이 깜빡였다.

"……?"

TV를 보던 여자의 눈이 빙글 천장을 향했다.

2.
집 밖에는

현우가 집을 나섰을 때.

현우는 아주 기묘한 괴리감을 느꼈다.

'분위기가… 묘하다.'

말로는 함부로 표현할 수 없는 기묘한 분위기가 현우가 기억하고 있는 세상과 전혀 다를 바 없는 세상에 괴리감을 더해주고 있었다.

그리고 그건 현우가 아파트 현관을 나서는 순간 명확해졌다.

츠즈즛.

흠칫!

현관을 지나는 순간 몸을 쓸어내리는 마법의 기운에 현우는 깜짝 놀라 주변을 둘러봤다.

처음엔 잘못 느낀 줄 알았다.

하지만 주변을 둘러보는 내내 느껴지는 규칙적인 파동은 현우를 당혹시키기에 충분했다.

현우는 정신없이 두리번거리며 주변을 살폈고, 그런 현우를 보고 아파트 앞을 지나던 몇몇 사람들이 이상하게 보았지만 현우는 그런 것에 신경 쓸 겨를이 없었다.

'뭐냐! 대체 어디서 마나 디텍트를!'

마나 디텍트라 하면 말 그대로 마나 감지였다.

보통 수준이 있는 마법사들은 이 마법을 이용해 다른 마법사 혹은 기사의 마나 수준을 측정하여 능력을 가늠하곤 했고, 경우에 따라선 알람과 함께 경보용으로 사용되는 대표적인 마법이었다.

물론 지금 현우가 느낀 마나 디텍트는 마나 사용자와 비사용자 정도를 감지하는 아주 낮은 수준의 마나 디텍트였다. 그 수준이면 질이 굉장히 낮았기에 현재 제대로 마나를 느낄 수 없는 현우도 선명하게 느끼고 있었다. 하지만 문제는 그런 것이 아니었다.

이것이 자연계의 마나가 아주 우연하게도 마나 디텍트의 수식과 비슷한 형태로 밀집한 것이 아니라, 분명 완성된 수식에 의한 마법의 발현이라는 점이었다.

'대체 어디……. 저건?'

그렇게 주변을 둘러보길 한참.

현우는 아파트 현관문 양옆으로 설치된 아주 얇고 기다란 막대기를 볼 수 있었다.

마치 공항의 검색대를 연상시키는 모습이었지만, 그 모습 자체는 아파트 현관의 모습과 어우러져 마치 원래부터 거기에 서 있던 것처럼 보이게 되어있었다.

'아티팩트다……!'

아티팩트란 어떠한 물건에 마법 수식과 주문을 새겨 넣음으로써 마법을 모르거나 혹은 해당 마법을 발휘할 수 없는 마나의 소유자도 마법을 사용하게 하는 마법 물품을 일컫는 말이었다.

그리고 이런 아티팩트는 만드는 데 있어 전문적인 지식과 기술이 필요한 데다, 하찮은 마법일지라도 만드는 데는 높은 마법 수준을 요구했기에 굉장히 비싸기 마련인지라 굉장히 귀중하게 보관되는 것이 상식이었다.

결코 이렇게 아파트 현관 앞에 멀뚱히 서 있어서는 안될 물건이라는 의미였다.

'이, 이게 대체……?'

당황스러운 마음에 주변을 좀 더 자세히 훑어보니 주변

모든 현관 앞에는 같은 아티팩트가 설치되어 있었고, 사람들은 아무렇지도 않게 그 사이를 지나다니고 있었다.

'뭐지? 이게 어떻게 된 거지?'

400년의 꿈…으로 추정되는 것에서 깨어났을 때만큼이나 당황스러웠다.

너무 당황한 나머지 현우는 자신이 마나를 예민하게 감지했다는 것조차 인지하지 못했다.

이 세상엔 원래 마법이란 게 있었던 걸까.

현우는 생각해 봤지만 아무리 생각해봐도 자신의 이전 18년의 기억 속엔 이런 게 전혀 존재하지 않았다.

"잠시만 비켜줄래요?"

"네? 아, 예."

뚜벅뚜벅-.

"……."

하지만 아무리 봐도 이곳이 이상하게 보이는 것은 현우뿐인 듯, 그 누구도 아티팩트에 신경을 쓰는 모습은 아니었다.

오히려 아파트 현관 앞을 막고 선 현우가 등교시간이 한참 지난 지금 교복을 입고 있다는 것이 더 이상하다는 듯한 표정이었다.

'혹시 착각은 아닐까?'

현우가 급기야 자신의 감각을 부정하며 마나 디텍트가 걸린 아티팩트를 만져봤지만 그것은 분명 지정된 수식에 따라 마법을 발동시키고 있는 아티팩트가 분명했다.

이 괴현상에 당황한 현우가 주춤주춤 뒷걸음질로 현관에서 떨어져 나왔을 때, 등 뒤로 지나가는 무언가가 현우의 감각을 건드렸다.

흠칫!

두리번두리번!

하지만 현우의 뒤에는 지하 주차장에서 올라와 단지의 정문을 향하는 한 대의 차량뿐, 이상할 것은 전혀 없는 평범한 풍경이었다.

그렇기에 현우의 시선을 더욱 잡아끌었다.

비현실이 가득한 곳에 존재하는 평범하고 현실적인 풍경이 조금이지만 현우를 진정시켰다.

물론 정말 조금뿐이었지만……

우—웅!

보통의 사람은 전혀 들을 수 없는 소리가 현우의 귓가에 진동했다.

옅은 떨림.

마법이 발동하기 전 마나가 공명하는 아주 작은 소리.

평범하기 짝이 없던 자동차에서 울려온 그 소리는 조금

안정되어가던 현우의 심장을 고동치게 만들기에 충분했다.

'그럴 리가… 그럴 리가 없는데……!'

현우는 혹시나 자신이 잘못 느낀 것은 아닐까, 잘못 들은 것은 아닐까 싶어 자동차를 면밀히 살폈지만 자동차가 굉장히 비싼 외제차라는 것을 제외하곤 알아낸 것은 하나밖에 없었다.

'전기를 생산하는 마법 장치가 되어 있다!'

정확히 어떤 마법이 사용된 것인지는 알 수 없었지만 자동차가 정차했다 움직이는 순간 울리기 시작하는 마나의 파동음은 마나가 전기의 형태로 재배열되고 있음을 알려주고 있었다.

그리고 그 전기가 동력원이 되어 자동차를 움직이고 있다는 것 역시 알려주고 있었다.

'굉장히 낮은 수준이긴 하지만… 분명히 마법이야!'

우리가 흔히 아는 전기자동차라면 코드를 꼽고 충전해서 사용하는 형태여야 했지만 현우의 눈앞에 보인 것은 분명 마법으로 전기를 생산해서 움직이는 전기자동차였다.

'내가 미친 걸까?'

하지만 그럴 리 없다는 것은 누구보다 현우 자신이 잘 알고 있었다.

'그렇다면 여기가 진짜 꿈은 아닐까?'

사실 가장 유력한 부분이었다.

　　아직까지도 현우는 자신이 칼롯 코즈너의 세상에서 꿈을 꾸고 있는 것인지, 아니면 자신이 칼롯 코즈너가 되는 400년짜리 꿈을 몇 시간에 걸쳐 꾼 것인지 긴가민가한 상태였다.

　　그런데 느닷없이 마법이라니!

　　마나라니!

　　이건 꿈이 아니고선 설명이 불가능했다.

　　"……."

　　마법을 인지하는지 아니면 못하는지, 아무렇지 않게 아티팩트 사이를 걸어 다니는 사람들.

　　과학기술의 발전이라고 생각하는 것인지, 아니면 마법이라는 것을 분명하게 알고 사용하는 것인지 평범하게 운전을 하는 사람들.

　　너무도 혼란스러운 모습이었다.

　　현우는 난생처음으로 생각을 함에 있어 어려움을 느끼고 있었다.

　　대언령사 칼롯 코즈너가 마법에 대해, 언령에 대해 연구하면서 전인미답의 경지에 오르며 새로운 지식에 대한 답을 결정해 나가던 순간에도 이만한 혼란은 느껴본 적이 없었다.

그동안은 언제나 책이라는 지표가 현우에게 바름을 인도했고, 가장 명확한 답을 제시해 주었다.

하지만… 지금 이런 상황은 그 어느 책에서도 대답해준 적 없는 경우였다.

'내가 김현우이던 시절의 기억이 칼롯 코즈너의 꿈과 결합된 것일까?'

지금으로서 생각할 수 있는 가장 현실적인 답안이었다.

'그렇다면 여긴 꿈인가?'

현우는 조심스레 아파트 화단의 흙을 쓸어 보았다.

도심의 흙답게 큰 생명력은 느껴지지 않지만, 거칠고 뿌옇게 묻어나는 질감은 꿈이라고 할 수 없을 만큼 선명했다.

그다음엔 길가에선 표지판을 손으로 짚었다.

쇳덩이의 차가운 감촉이 손에 스며드는 것이 느껴졌다.

그다음엔 시멘트 바닥을, 옆의 가로수를, 그 잎사귀를.

만지고, 부비고, 핥아서 맛보고.

많은 사람들이 이상한 눈으로 현우를 봤지만, 현우는 '그날' 이후 처음으로 '바름'에 대해 잊고 자신이 해보고 싶은 모든 것을 하고 있었다.

'이 감각이… 모두 꿈이라고?'

이토록 선명하고, 생생한 감촉이 과연 꿈에서 이루어질 수 있는 것일까?

다시 한 번 진지하게 상황에 대해 생각해보기로 했다.

지금까지는 혼란스러운 와중에도 현재 있는 이곳이 진짜 현실이라고 조금씩 마음을 기울여가던 중이었다.

사실 그렇게 생각하는 것이 합당한 것이 유달리 남들보다 생각이 많다는 점과 그런 탓에 다른 사람들에게 따돌림을 받았다는 점을 제외하곤… 그다지 특별할 게 없는 평범한 고등학생이던 현우였다.

그런 현우가 느닷없이 잠에서 깨어나 보니 정체를 알 수 없는 미지의 세계에 가게 되고, 그곳에서 마법을 배워 그 세상을 쥐락펴락할 수 있는 존재가 되었다고 생각하는 것은… 사실 정상적인 사고를 할 수 있는 사람이라면 꿈같은 얘기, 소설 속의 이야기라고 생각하는 게 당연했다.

그리고 이런 생각은 현우도 다르지 않았다.

수백 년분의 칼롯 코즈너의 기억이 아직도 머릿속엔 생생하지만 그런 게 현실이라고 믿는 것보단 당장 전자시계의 숫자가 차분히 올라가는 쪽이 현실이라고 생각하는 게 훨씬 합당했다.

하지만.

지금은 달랐다.

미약하게 느껴지는 마나.

아파트 입구에 줄줄이 선 아티팩트들.

이젠 차라리 지금 이곳이 꿈이라고 믿는 게 더 현실감 있는 일이었다.

'꿈이라… 내가 이런 꿈을 꾼 게 얼마나 오래전의 일인 거지?'

사실 꿈이란 것을 꿔본 게 칼롯 코즈너에겐 굉장히 오래된 일이었다.

대륙을 대표하는 언령사이자 마법사답게 가장 효율적인 생활을 중시하던 그는 꿈을 꿔 잠을 설치는 쪽보다는 깊은 숙면으로 짧은 시간 내에 피로를 푸는 쪽을 선호했기에 스스로의 몸을 그렇게 조절해 왔다.

그런 그에게 있어서 꿈을 꾼다는 것은 그것만으로도 특별한 일이었다.

'그렇지만… 이 상황이 꿈이라기엔 확실히 너무 생생한데……'

다시 한 번 화단에 선 나무를 쓰다듬으며 생기를 느낀 그는 잠시 눈을 감고 생각에 잠겼다.

그리고… 생각을 확실히 했다.

'허허… 확실히 신기하긴 하지만 이 상황은 확실히 꿈일 수밖에 없겠구만.'

평범한 고등학생이 다른 세상으로 넘어가 수백 년을 사는 꿈을 꾸고 일어났다는 결론에서.

수백 년을 살아온 대언령사가 갑자기 마법이 존재하는 옛 고향 세상을 꿈꾸고 있다는 쪽으로 결론이 섰다. 그와 동시에 그의 젊은 얼굴에 노쇠함이 서리기 시작했다.

　아니, 얼굴은 전혀 변한 바가 없지만 나이 든 이의 특유의 여유로움과 현기가 아우러지기 시작했다.

　'허어, 어쩌다 내가 이런 꿈을 꾸게 된 것인지 모르겠구만… 자각몽이라…….'

　이미 앞서 설명했다시피 그는 꿈을 꾸는 일이 드물었다.

　그것은 앞서 말한 대로 그가 의도한 바도 있고, 그가 참과 거짓을 분명하게 구분할 줄 아는 대언령사인 탓도 있었다.

　꿈이란 무한한 허구의 세계.

　일부 현실을 반영할지라도 그것은 완벽한 거짓의 세계였다.

　오직 진실된 말을 하며 그런 말로서 질서를 만드는 언령사와는 완벽한 상극의 성질을 가진 것이었다.

　'조금 전에 마나를 제대로 느끼지 못했던 이유도 그런 탓이 있을 터.'

　꿈속 세계에서 사람은 자신의 움직임이 느려지는 상황을 겪곤 한다.

　싸우는 상황에서 팔이 잘 뻗어지지 않는다든지, 달리는

게 마치 물속에 있는 것처럼 느려진다든지.

그 굉장한 이질감 때문에 사람은 종종 꿈속에서 자신이 꿈속에 있음을 깨닫곤 한다.

이건 꿈속의 자신의 움직임과 실제론 움직이지 않고 있는 몸의 괴리에서 비롯되는 일이다.

아마도 칼롯 코즈너, 그가 이곳에서 처음에 마나를 제대로 감지하지 못한 것은 그와 같은 이유에서였을 것이다.

그는 그렇게 생각했다.

물론 이 상황에 대한 가정은 단순히 꿈이란 것 외에도 '한 가지' 가정이 또 있었다.

다만 그 가정이 정말이라면 어차피 그에겐 감당할 방법이 없을 뿐 아니라 현실적으로 불가능에 가까운 가정이었기에 마지막 '한 가지'에 대해선 생각지 않기로 했다.

'그나저나… 이제 꿈인 걸 알았으니 어쩌면 좋을꼬?'

비록 꿈속이긴 하지만 굉장히 오랜만에 찾은 '고향'이었다.

딱히 미련이 있던 것은 아니지만 이렇게라도 다시 보게 된 고향은 꽤나 반가웠다.

사실 이곳이 꿈임을 확신한 순간부터 느껴진 반가움이었지만… 칼롯 코즈너는 자신이 무능력한 김현우일 적의 생각을 단숨에 덮어버렸다.

지워버릴 수는 없지만 생각나지 않게 멀리 치워버리는 정도는 오랜 세월 머릿속에서 많은 공상을 하던 그에겐 전혀 어렵지 않았다.

'일단 그곳으로 가 볼까?'

그는 몸을 돌려 본래 가려던 방향으로 걷기 시작했다.

학교에 갈 생각이었다.

오래도록 잊고 있던 그곳의 모습을, 김현우가 아닌 칼롯 코즈너로서 눈에 담고 싶다는 생각이 들었기 때문이다.

그리고 때마침 그를 기다리기라도 한 것인지 현우가 타야 하는 버스가 정확히 현우 앞에 멈춰 섰다.

그리고.

츠즈즛.

'마나 디텍트?'

버스 문에 설치된 마나 디텍트란 게 꿈속임에도 여전히 신기하긴 했지만, 실제 칼롯 코즈너가 있는 세계에는 이보다 뛰어난 장치가 설치되어 있었다.

숨어드는 적을 감지하고 테러 등의 위협에 대응하기 위한 장치였으니 아마 버스에 이런 걸 설치한 것도 같은 이유에서였을 것이다.

물론 단순히 마법을 사용하지 못한다고 해서 테러를 못하거나 살인을 저지르지 못하는 것은 아니지만 최소한 눈에 띄는 위험인물 정도는 쉽게 걸러낼 수 있었다.

삑!

-학생입니다.

'허허… 마법 아티팩트가 설치된 버스 주제에 돈 계산은 기존의 교통카드 방식이로구만.'

버스에 교통카드를 찍는 리더기가 있어 호기심에 찍어본 것인데 잘 작동하였다.

물론 꿈속 세계인 만큼 굳이 신경 쓸 필요야 없겠지만 김현우 시절 몸에 배인 일부 습관들은 칼롯 코즈너인 지금에도 조금 영향을 주고 있었다.

'그나저나 내 상상력도 꽤나 빈약한 게로군… 기껏 과거의 세상과 마법을 조합해 두곤 아티팩트들과 따로 구동하는 전기장치라니…….'

만약 세계 제일의 언령사인 그가 직접 이 버스를 설계했다면 지금 차 밑에서 느껴지는 석유 연료를 바탕으로 움직이는 차 특유의 배기음이 없었을 것이다.

'물론 조금은 바뀐 게 있지만…….'

-마나 전동기 운행 3급-

버스마다 문 근처에 붙어있기 마련인 버스기사의 신분

중에 붙은 한 줄이었다.

칼롯 코즈너의 시선으로 자세히 버스를 훑어보니 자동차 자체를 움직이는 힘은 화석연료를 바탕으로 한 힘이었지만 문을 여닫거나 라이트를 켜는 등의 전기를 필요로 하는 부분은 버스기사의 마나가 바탕이 되고 있었다.

'호오… 마나를 다룰 줄 아는 사람이 버스기사를 한다라?'

비록 미약한 수준인 데다 나이가 있어서 성장의 한계는 있겠지만 꾸준히 단련한다면 충분히 써먹을 만한 수준의 마나로 보였고, 오직 마나의 총량이 마법의 수준과도 같은 마법사 대신 몸의 단련도에 따라 마나의 필요가 정해지는 기사라면 충분히 가능성이 있어 보였다.

"……."

'하지만… 이런 세상에 기사는 필요 없을 테지.'

버스기사라면 의미는 다르지만 기사이기도 하지 않은가?

무엇보다 기존 김현우의 세계를 베이스로 하고 있는 이 세계는 과학 기술이 발전한 세계였다.

그들이 만들어낸 총, 혹은 고성능 폭탄에 비하면 기사들의 칼은 살상력이 어떻든 아주 비효율적인 원시의 무기였다.

"음……."

그런 생각을 하고 있다 보니 문득 궁금한 게 떠올랐다.

'과연 이 세계의 총은 그대로인 걸까?'

거기에 이 세상에서 마나를 활용하는 곳은 단순히 만들어진 아티팩트를 작동시키는 수준일까?

또 그 아티팩트는 어느 정도 수준까지 개발되어 있는 걸까?

마나 전동기 3급이라는 것은 그 상위 단계가 있다는 것이 아닐까?

그렇다면 그들의 실력은?

머릿속에 떠오른 하나의 질문이 순식간에 수많은 질문을 불러왔다.

이곳이 꿈속 세계임을 알고 있지만 그 꿈속을 칼롯 코즈너 자신은 과연 어떻게 구성하고 채워놓은 것일까?

그는 그게 너무나 궁금해졌다.

그는 자신의 두뇌가 만든 세상이 궁금했다.

결국 학교로 가는 것을 포기한 그는 곧장 근처의 피시방으로 향했다.

본래는 학생이 이용해선 안 되는 시간이었지만 스마트폰은커녕 핸드폰조차 없는 김현우의 몸은 꿈속임에도 달라진 게 없어서 가장 확실하게 정보를 수집할 수 있는 곳은 피시방 외엔 없었다.

딸랑-.

"어서 오…세요."

알바생인 듯 카운터에 앉아 있던 남자가 현우의 옷차림을 보고 멈칫하는 모습을 보였지만, 이내 현우가 거침없이 비회원용 카드를 집어 들고 안쪽으로 들어가자 별말 없이 들여보내줬다.

이런 거침없는 행동도 그를 붙잡지 않는 알바생도 역시도 꿈속인 탓은 아닐까, 그의 머릿속에 의구심이 생겼다. 하지만 그 정도의 질문은 지금 머릿속을 가득 채우고 있는 다른 질문에 비하면 중요도가 한참이나 떨어졌다.

'마법… 마법……!'

자리에 앉은 그가 가장 먼저 검색한 키워드는 마법.

검색과 동시에 떠오르는 수만 개의 글들은 현우의 눈을 어지럽게 만들었지만 용케 그중에서도 필요한 내용을 찾아낼 수 있었다.

[마법의 기원]

─……마법의 발생이 어디서부터였는지, 무엇을 기점으로 한 것인지 알려진 바는 전혀 없다. 다만 이 마법이라는 것은 특정 계층이나 혈통을 통해 재능이 나타나는

것이 아닌 만큼, 자연계의 돌연변이처럼 자연스러운 변화 속에서 우리의 삶에 녹아들었다고 생각이 된다. 또한……

[현대 사회에서 마법사의 위치에 대하여]

-…고대 사회에서 마법사란 보통 사람과는 다른 특별한 존재로 그 힘을 가지고 부족의 주인이 되거나 부족을 보호하는 주술사로 굉장히 귀한 대접을 받아왔다.

최근 출토된 유물을 분석한 바에 따르면 부족장 마법사의 능력이 곧 부족의 힘과도 같았다고 하니, 그들은 분명 최고위층의 대접을 받았음에 틀림없으리라. 하지만 현대에 와서 그런 마법사들의 위치는 크게 달라졌다.

사실 굳이 고대를 둘러보지 않고 최근 몇 세기 전까지만 해도 마법사란 굉장히 귀하고도 중요한 전력으로 서양 중세 사회는 물론 조선 시대에도 중요한 무력원이었다.

게다가 최근 19~20세기에 접어들며 급속도로 발전한 과학 기술은 마법사의 마법에 공학을 더하여 마법공학이란 실용적 학문의 길을 개척함으로써 마법사란 존재의 가치는 단순한 무력원을 뛰어넘는 굉장히 귀중한 존재로 그 가치가 급상승하였다.

그러나 최근 21세기에 들어 극에 이른 마법 공학은 더 이상 수준 높은 마법사가 아니더라도 훌륭한 마법 공산품을 만들 수 있게 했으며, 오랜 세월에 걸친 연구를 통해 밝혀진 마법의 많은 이론적인 부분은 마법사가 아닌 일반인의 마법 연구를 가능케 함으로써 마법사의 가치를 크게 떨어뜨렸다.

물론 그렇다고 해서 마법사가 다루는 마법의 가치나 고위급 마법사의 가치가 형편없이 하락했다는 의미는 아니지만, 사실상 클래스의 정식 마법을 사용하는 게 아닌 마나를 다룰 수 있다는 것 외에는 일반인과 큰 차이가 없는 하위 마법사들의 경우……

단순한 인터넷 검색이었기에 전문적인 마법적 지식을 포함한 여러 부분에서 세세함은 떨어졌지만 이것만으로도 그는 꽤나 많은 정보를 접 할 수 있었다.

'허어… 나의 꿈속이란 건 꽤나 세세하게 잘 짜인 구조를 가지고 있구먼.'

이 세상의 역사 속에서부터 나타나는 마법의 흔적, 이를 뒷받침하는 마법적 유물들, 그리고 현대에 이르는 마법 공학의 정보들.

칼롯 코즈너의 머리라면 충분히 생각할 수 있긴 하지만

만약 이러한 것들을 하나씩 떠올려 만들고자 했다면 한도 끝도 없을 만한 수많은 마법 관련 정보들이 인터넷 속에 존재하고 있었다.

혹시나 꿈속 세계인 탓에 자신이 몽롱한 기분에 대충 어설프게 짜인 이야기를 완벽하다 믿고 있는 것은 아닐까?

그는 화면 속 내용들을 몇 번이고 정독해 나갔지만 이 '완벽한 자각몽'은 분명히 가능성이 있는, 혹은 확실히 검증된 정보들로 가득했다.

그렇게 어느 정도 탐구욕을 채우자 그의 머릿속으로 다시 한 번 잔잔한 의문이 떠올랐다.

이번 의문의 주제는 과연 아무리 그라고 한들 일생 동안 특별히 생각해본 적 없는 이런 꿈속 세계를 이렇게 완벽하게 구현할 수 있느냐는 것이었다.

지금까지 보아온 많은 부분을 '꿈이기 때문에'라는 말로 설명하고자 했지만, 인터넷에 나온 끝없는 정보들은 칼롯 코즈너의 머리가 아무리 뛰어나다 해도 모든 페이지를 빼곡하게 적어 넣는 건 불가능해 보였다.

한 방울, 잔잔한 의문이 그의 머릿속에 작게 파문을 일으켰다.

"……."

그의 얼굴 위로 식은땀이 났다.

칼롯 코즈너, 오랜만에 키보드를 두드리는 그의 손길이
날렵해졌다.

그리고 몇 가지… 아까와 다른 정보들이 화면에 떠올랐
을 때.

그의 이마에서 주르륵, 땀방울이 흘러내렸다.

'이건… 설마……'

……평행우주라는 것이 있다.

누군가의 선택 속에서, 그 선택에 따라 무한히 복제되
는 세계.

모든 세상의 그 누군가는 동일인물이지만 그 누군가가
살아가는 모습은 순간순간 선택에 따라 모두 다른 모습인
세계, 그런 세상이 모두 동일 선상에 존재한다는 것.

그것이 평행우주이다.

물론 다중 우주론이나 양자역학을 기반으로 한 평행우
주이론을 펼친다면 틀린 말일지도 모르지만, 결과적으로
똑같이 생긴 세상이 우주 어딘가에 반복되고 있을 거라는
말은 마찬가지이다.

그리고 칼롯 코즈너가 마법이 존재하는 세계란 것을 인
지하게 된 순간 가장 먼저 떠오른 것이 바로 이 평행우주
이론이었다.

사실상 본래와 똑같은 모습이지만 '단 하나가 다른 세

상'에 대해서 그는 그렇게 생각할 수밖에 없었다.

하지만 금세 고개를 저었다.

만약 이곳이 진짜 평행우주 속의 세계라면 우주적 마법 지식에 통달한 그의 기준에서 벗어나는 점이 너무나도 많았다.

아니, 많다고 생. 각. 했. 다.

'그 어떤 신적 존재의 개입이 아닌 다음에야 그런 모순점을 무마할 수는 없을 터! 그렇기에 이곳은 현실이 아닐 것이다.'

그럴 리가 없다고.

순식간에 머릿속을 채워오는 것들을 모두 신에게 떠넘겨 버린 그는 바싹 마른 소매로 땀이 흥건한 이마를 닦았다.

두근─.

두근거리는 가슴을 진정시키며 손에 난 땀을 바지에 슥슥 문질러 닦았다.

이곳이 현실이라고 생각한 잠시 잠깐 동안 생겨난 변화였다.

스스로를 진정시킨 그는 한순간 돌아올 뻔한 김현우를 다시 깊은 곳에 가두고 이내 피시방을 나섰다.

아직도 인터넷을 통해 알아볼 수 있는 정보는 끝이 없었고 알고 싶은 게 많았지만, 끓어오르는 지적 갈증에 비해 왠지 손이 가지는 않았다.

아니 어쩌면… 알고 싶지 않은지도 몰랐다.

그리고 이게 의미하는 바 역시도 몰랐다.

만약 지금 자신이… 진짜 칼롯 코즈너였다면… 비록 이곳이 꿈속이라서, 아무리 허무맹랑한 이야기뿐이라고 한들 대언령사인 그가 마법에 대한 호기심을 저버리지 않았을 거란 것을… 그는 전혀 몰랐다.

그는 천천히 눈을 감고, 깊은 한숨과 함께 한마디 내뱉었다.

"……피곤하구만."

특별히 힘든 일을 한 것도 아닌데 몸이 녹초가 되어버렸다.

갈라진 목소리가 입에서 튀어나왔다.

피곤이 잔뜩 배인 목소리였다.

그리고… 갈라져 나온 목소리가 스스로도 모르는 사이 그의 의식을 뒤흔들었다.

그의 감긴 눈, 그 뒤편 의식 너머로 청명하게 빛나는 푸른빛 크리스털이 빛났다.

그 찬란하고도 청명한 빛깔은 칼롯 코즈너가 일평생을 바쳐온 마법과 마나의 선명하고도 아름다운 빛이었다.

한눈에 봐도 단단해 보이는 푸른 크리스털은 단 한 치

의 틈도 없어, 어디에도 불안한 구석은 보이지 않았다.

크리스털의 온전한 모습에 그는 안도의 한숨을 쉬었다.

"휴~우……."

스스로가 쌓아 올린 업적의 사물화, 대언령사 칼롯 코즈너라는 자신을 의식화, 구체화한 그것이 무사하다는 것에 대한… 아주 '인간적인' 한숨이었다.

대언령사라는 완벽한 신인류였던 칼롯 코즈너와 큰 괴리감이 있는 그 한숨은 일순간 또 다른 '누군가'와의 통일감을 주었다.

그 순간.

쩌-적!

단단한 크리스털에 갈라짐이 일었다.

칼롯 코즈너, 안심한 그의 시선이 의식세계에서 잠시 눈을 돌린 찰나지간의 일이었다.

크리스털은 빛을 잃고, 청명함, 그 맑음은 어둡게 물들어갔다.

쩡!

파문이 생겼다.

망치로 내려친들, 정으로 아무리 쪼아댄들 흠집조차 일지 않을 것 같던 그것에 순식간에 균열과 파문이 생겼다.

맑은 푸른빛은 탁한 녹빛으로 물들어 마치 부글부글 끓

어오르는 늪지를 연상시켰고 그 위로 난 균열, 그 흉터들은 그로테스크함을 자아내고 있었다.

하지만 이것도 잠시, 크리스털은 이내 땜질하듯 균열과 일그러짐이 생긴 곳을 메워나갔다.

어그러짐이 잦아들고 흉측하던 표면은 이내 매끈해졌다.

마치 처음과도 같은 모습.

하지만 단 하나, 본래의 청명한 모습을 찾지는 못했다.

푸른빛 대신 까만색에 가까운 진녹색의 크리스털… 그 흐릿한 크리스털 너머로 새하얗고 빼빼 마른 얼굴이 언뜻 비춰지나갔다.

사람의 얼굴이지만 남들보다 많은 게 부족한… 휑한 얼굴이었다.

그중에서도 가장 눈에 띄는 부족한 부분은… 두 개의 검은 구멍.

본래 눈이 있어야 할 그 자리가 텅 비어있어 기괴하기 짝이 없는 얼굴이었다.

그때, 잠시 멀어졌던 칼롯 코즈너의 눈이 크리스털을 향했다.

텅 빈 구멍과 현기 어린 눈동자가 마주했다.

벌떡!

"----!"

두근두근두근두근두근.

유달리 빠르게 뛰는 심장 소리에 그는 꼭 감고 있던 눈을 천천히 떴다.

그리고 무엇인가를 확인하는 듯… 살며시 뜬 눈으로 주변을 천천히 훑었다.

그의 눈이 이곳이 pc방의 구석진 자리임을 확인했을 때.

풀썩.

벌떡 기립했던 그의 몸이 pc방 의자 위에 축 널브러졌다.

"정말… 피곤하구만."

목소리는 좀 전보다 선명해졌지만 어째선지 더욱 늘어지는 느낌이었다.

한참을 늘어진 상태로 기대어 있던 그는 이내 몸에 힘을 주고 자리에서 일어났다.

정확히 왜 그랬는지 알 수는 없지만… 멍하니 허공을 응시하던 그의 시선이 아까도 확인했던 컴퓨터 화면으로 향한 탓인 듯싶었다.

그는 다리에 힘을 불어넣고 걸음을 옮겼다.

딱히 목적지를 떠올리지 않았건만, 어째선지 그의 다리

는 갈 곳을 아는 듯 거침없이 움직였다.

그의 몽롱한 발걸음이 학교를 향했다.

＊   ＊   ＊

띵동댕동―.
고등학생이 등교를 하기엔 너무 늦은 시간.
드르륵―.
수업 종료를 알리는 소리와 함께 왁자지껄해진 교실의
뒷문으로 학생 하나가 걸어 들어왔다.
몽롱한 가운데 길을 걷던 칼롯 코즈너.
바로 그였다.
이미 그에게 있어서 이런 꿈속 세상의 바름은 아무런
의미가 없는 것이나 마찬가지였지만 어째선지 그의 걸음
은 자연스럽게 학교로 향했다.
아니, 사실 그에게 있어서 '바름'이란 것은 이미 오래
전에 벗어던진 족쇄의 이름이었다.
이세계에서의 수백 년은, 칼롯 코즈너라는 이름 아래 기
존의 김현우를 벗어던지기에 충분한 시간이었으니 말이다.
실제로도 다른 세상의 칼롯 코즈너는 그 누구도 거역할

수 없는 규격 외의 무법자와도 같은 사람이었으니 말이다.

어쨌거나 그렇게 바름을 벗어던진 지 오래된 그가 이렇게 늦은 시간에 학교에 도착하게 된 건 이곳 꿈속 세상의 '김현우'라는 몸의 기억 탓인지도 몰랐다.

'아니, 어쩌면⋯⋯.'

그의 머릿속으로 새까만 구멍 두 개가 스쳐 지나갔다.

턱!

"어쭈? 오늘 안 나오는 줄 알았는데 나왔네?"

"키햐, 난 또 이 새끼 안 나오길래 어디 꼰지르고 잠수 탄 건 아닌가 걱정했거든."

"나도 그런 줄 알고 오늘 존나 쫄아있었는데. 씨이발! 야! 늦게 올 거 같으면 형님들한테 미리 연락을 해야 할 거 아냐!"

어깨를 붙잡고선 그를 향해 거칠게 쏟아내는 폭언들.

그건 사람을 멈춰 서게 만드는 힘이 있었고 이들 무리는 언제나 똑같은 행동을 해온 만큼 앞에선 '김현우'가 어떤 반응을 보일지 뻔히 알고 있었다.

그리고 '그 반응'이 시작된다면 언제나와 똑같은 레퍼토리로 그를 괴롭히고, 이곳 교실에서 그들이 가진 힘을 모두에게 다시 한 번 가르쳐 줄 수 있을 터였다.

물론⋯ 시작되었다면 말이다.

빤히-.

"어허… 이 손 치우시게."

"……?"

"뭐……? 너 방금 뭐랬냐?"

"치우시게……? 방금 치우시게라고 했냐?"

푸하하하하!

이들 무리의 웃음을 시작으로 교실 곳곳에서 터져 나온 웃음은 이내 교실 전체를 웃음바다로 만들었다.

물론 이들 무리를 제외한 대부분의 웃음은 진심으로 웃는다기보다는 호응의 의미에 가까웠지만 그것만으로도 효과는 충분했다.

멈칫-.

아무렇지 않게 무리의 틈새를 걸어 나오려던 학생은 자리에 멈춰 섰고, 심각한 표정으로 바닥을 내려다보게 되었으니 말이다.

'이런, 말투가 이곳에서 보이는 연령과 어울리지 않는 게로군! 한국어 자체도 굉장히 오랜만인 탓에 아직 어색하건만…….'

물론 그들 무리가 원하는 것과는 조금 다른 상황이었지만… 겉으로 보기엔 같은 모습이었다.

"……."

"……?"

"……?"

연쇄 반응을 기다리던 무리들은 그저 자리에 서서 심각한 표정만을 짓는 그를 보며 자기네들끼리 속닥이기 시작했다.

"이 새끼 이거 학교 좀 늦게 오더니 맛이 간 건가?"

"근데 이 새낀 원래 맛 간 놈 아니었어?"

"글쎄… 일평생 지각이라곤 모르던 놈이 지각을 해버려서 더 맛이 간 건가?"

이때, 이들 무리의 리더 정도로 보이는 녀석이 눈을 빛내며 앞으로 나섰다.

"뭐, 그럼… 확인해 보면 되는 거 아니야?"

"어? 어떻……?"

빠악!

쿠당탕탕!

다른 녀석이 미처 물어보기도 전에 부지불식간에 날아간 주먹이 칼롯 코즈너의 안면을 강타했다.

때린 녀석을 제외하고 물어보려던 녀석도, 주변에 선 녀석도, 구경하던 녀석들도 모두가 벙쪄 있는 사이 칼롯 코즈너만이 정신을 차리고 그를 노려봤다.

'위험은 감지했다…. 주변의 마나가 확실히 알려줬

어… 하지만……'

하지만 지금 그의 몸은 마나를 예민하게 감지하는 능력
이 생겼다는 것을 제외하곤 그 옛날 김현우의 몸과 똑같은
상태.

마법은 물론이고 체술로도 대응할 방법이 전혀 없었다.

게다가…….

'난… 이 녀석을 알고 있어… 원래 이런 녀석이란 것도
분명히 알고 있고… 그리고 앞으로 무엇을 할지도…….'

방금 그를 때린 남자의 이름은 박성민.

잘나가는 기업가의 외동아들로 귀하게 자라 평소에도
안하무인격으로 행동하던 그였다.

하지만 그런 행동은 언제나 동급생들 사이에서뿐이었고
그의 아버지의 사업가 기질을 물려받은 탓인지 그보다 높
은 사람에게는 언제나 깍듯했기에, 특출한 공부를 잘하거
나 얌전하다기보다는 사고를 치는 쪽에 속함에도 선생들
은 그를 두둔하곤 했었다.

어른들에게 있어서 그의 이미지는 깍듯한 말썽쟁이 정
도였다.

하지만 말했다시피 그의 그런 행동은 오직 그보다 높은
이들을 향한 것, 동급생들에게 보이는 그의 이미지는 언제
나 동일했다.

폭군.

그를 설명할 수 있는 가장 명확한 단어였다.

차세대 벤처 사업가로 이름 높은 그의 아버지는 다른 이들에 비해 많은 것을 가졌으나 단 하나, 가족과 함께하는 시간만은 가지지 못했다.

그런 그의 아버지는 이를 대신하기 위해 그에게 많은 것을 주었다.

행여나 자신의 소중한 아들을 괴롭히는 이가 있을까 봐 많은 사람을 주었고, 아들이 다른 사람 앞에서 기죽을까 봐 많은 돈을 쥐여 주었다.

그로 인해 탄생한 것이 지금의 박성민이라는 폭군이었다.

아버지의 걱정으로 아들에게 부여한 것들은 같은 학생들 계급에선 절대적인 권력이었고 누군가에게 괴롭힘 당하지 말라고 준 그 모든 것들은 다른 이들을 괴롭히기에 충분한 것들이었다.

물론, 그의 아버지도 이런 상황을 예측하지는 못했을 것이다.

그는 언제나 아버지에게 있어 깍듯하고 사랑스러운 아들이었고, 그런 아들이 누군가를 괴롭힐 거라곤 추호도 상상 못했을 테니 말이다.

그러니 그의 아버지는 잘못된 것이 없다.

그저, 그런 아버지의 진한 부성애를 비틀린 방향으로 사용하고 있는 그가 잘못된 것이다.

'부성애라……'

오래된 기억으로부터 박성민에 대한 정보를 끄집어낸 칼롯 코즈너는 남몰래 중얼거렸다.

이론적으로 굉장히 세세하게 알고 있지만, 부성애라는 것이나 모성애라는 것은 그에게 있어서 굉장히 낯선 단어였으니 말이다.

그의 머릿속 새카만 구멍이 점점 부피를 늘려갔다.

이때, 교실 뒤편에 넘어진 채 멍하니 앉은 칼롯 코즈너를 향해 이번엔 발길질이 날아들었다.

퍼-억!

"크헙!"

복부 깊숙이 파고드는 깨끗한 신발 앞코는 머릿속의 생각을 깡그리 날려버리기에 충분한 고통이었다.

덥석!

너무나도 큰 고통에 그의 배에 틀어박힌 다리를 반사적으로 잡았지만 그건 칼롯 코즈너의 모습을 보며 낄낄대던 박성민의 심기를 거슬리기에 충분했다.

"이 새끼가… 아직 덜 맞았나!"

퍽! 퍼억! 뻐억!

"엉? 왜! 안 하던 짓을……! 하고……! 그래……!"

간간이 끊기며 들려오는 박성민의 목소리와 무차별적으로 날아드는 발길질.

그때서야 칼롯 코즈너는 떠올렸다.

박성민은 자신의 주먹을 제외한 다른 부위가 현우의 몸에 닿는 걸 극도로 혐오한다는 것을.

또한 그의 규칙대로 언제나 가만히 맞고만 있어야 한다는 것을.

이미 한참을 맞아 정신없는 와중에 떠올릴 수 있었다.

툭!

어느새 박성민의 다리를 붙잡고 있던 그의 손이 풀렸다.

힘이 다해 풀린 것인지, 아니면 그의 규칙에 순응한 것인지 알 수 없을 만큼 힘없게 바닥에 떨어진 그의 손은 아주 조금씩 경련하고 있었다.

"……."

"허억! 허억……! 후……."

지친 듯 이마를 쓸어 넘기던 박성민은 그의 발길질에 만신창이가 된 현우를 내려다보며 인상을 찌푸렸다.

"그러게 왜 안 하던 짓을 해? 그렇게 된 건 모두 니 새끼 잘못이야. 알겠어?"

'이게… 모두 내 탓……?'

의문이 떠올랐지만 어째선지 대꾸를 할 수도, 할 말이 떠오르지도 않았다.

곰곰이 생각한다면 아니, 굳이 곰곰이 생각지 않더라도 할 말은 무궁무진할 텐데. 입을 열 체력이 없는 것도 아닌데.

그런데도 지금의 그에겐 그저 이 단순 무식한 폭행이 끝나 다행이라는 마음뿐이었다.

머릿속은 이미 어떤 것도 생각할 수 없을 만큼 까맣게 변해있었다.

그렇게 멍하니 있는 그를 향해 다시 한 번 박성민의 욕설이 날아들었다.

"시발! 빨리 자리로 안 가? 거기 자빠져 있다가 선생 오면 나한테 처맞았다고 하려는 거냐?"

스르륵.

박성민의 말을 듣자 힘이 빠진 채 축 늘어져 있던 몸이 마치 뭔가에 홀린 듯 느릿느릿 자리로 향했다.

그런 모습에 처음엔 무자비한 폭행에 조금은 걱정스러운 눈빛을 하던 이들 눈가에 '역시' 라는 비웃음이 서리기 시작했다.

그럴 것이다.

여태껏 죽은 듯이 쓰러져 있어놓고, 불쌍한 척하던 녀석이 자기를 패던 녀석의 불호령에 몸을 움직이는 모습은… 비웃음을 사기에 부족함이 없을 터였다.

그는 아니, 김현우는 그렇게 자신의 자리를 찾아 조금씩 발을 끌었다.

지익- 지익-.

욱신거리는 다리 탓에 교실 바닥이 쓸렸지만 그에 신경 쓰는 사람은 없었다.

'다행이다.'

……라고 현우는 생각했다.

이 거슬리는 소리에도 신경 쓰지 않고 자기네들끼리 웃고 떠드는 박성민의 모습에 현우는 그렇게 생각했다.

털썩-.

너무도 오랜만에 돌아온 교실이라 자리를 못 찾을 거라는 걱정은 하지 않았다.

그토록 오랜 시간이 지나고 돌아왔지만 현우의 자리는 못 알아볼 수가 없었다.

책상을 새카맣게 메운 낙서들.

무언가 알 수 없는 것들이 튀어나온 책상 서랍.

다른 이들과 달리 짝꿍과 어느 정도 거리가 떨어져 있는 외톨이 책상은 이 반에서 사용할 사람이 단 한 명밖에 없어 보였으니 말이다.

그런 책상이지만.

'다행이야.'

자리에 앉는 순간, 현우는 다시 다행이라고 생각했다.

그저 '내 자리'에 앉았다는 것만으로도, 그리고 조금이
지만 수업시간 동안만큼은 보장되는 개인 공간에 있다는
것만으로도 현우는 안심한 것이다.

가방에서 책을 꺼내고.

현우는 책상 위에 펼쳐진 책 뒤에 가려진, 몇 번을 지운
대도 지워지지 않을 낙서를 물끄러미 바라봤다.

그때쯤 그의 머릿속을 가득 채운 새카만 구멍은 흐릿해
져 가는 기억 덕택에 '구멍이었다'는 것만 알 수 있는 상
태였다.

"……."

그렇게 공감 못할 수많은 욕설에 눈이 침침해질 무렵,
수업종이 울리고 선생님이 들어왔다.

꽤나 앞자리에 앉은 현우의 모습은 그런 선생님의 눈에
띄기에 충분해보였다.

하지만.

그를 본 선생님은 눈을 피했다.

현우는 이 학교에서 그런 존재였다.

그들이 왜 현우를 피하는지 정도는 머릿속으로 이미 이해하고 있었다.

예전엔 전혀 알 수 없었지만, 지금은 알 수 있다.

현우는 바보라기보다는 오히려 굉장히 똑똑한 편에 속했으니까.

다만 그럼에도 그런 취급 받는 꼴을 벗어나지 못한다면 그것은 머리로는 이해하되 가슴으로는 인정하지 못하는 현우의 탓이리라.

그렇다.

모두 그 자신의 탓이리라.

'이런 꼴도, 이런 위치도, 이런 취급도… 그것은 모두 내 탓이야.'

총명한 머리에 들어찬 바닥을 알 수 없는 깊고 까만 구멍은, 시야를 가리고 생각을 가렸다.

그렇게 단 몇 분.

칼롯 코즈너라는 희대의 기인이 김현우라는 왕따 고등학생이 되기까지 걸린 시간이었다.

3.
꿈의 부정

학교에서 돌아오고 2주.

현우가 이곳 세상서 지낸 시간이었다.

그리고 또 한편으론 꿈에서 깨어나길 바라며 침대에 몸을 기대고 있던 시간이었다.

"어째서……."

'꿈에서… 깨지 않는 거지?'

사실 현우는 이미 이곳이 꿈이 아니란 것을 알고 있었다.

그럼에도 불구하고 현우가 이 '꿈'이 깨길 기다리는 이유는 그가 모두에게 따돌림 당하는 이유와도 같았다.

머릿속으론 이해하나 가슴으론 인정하지 못하는.

'이곳이 꿈이 맞는 걸까⋯⋯? 그렇다면 그때의 생생한 고통들은 뭐지?'

반복되는 질문, 반복되는 대답.

결론은 언제나 똑같았지만 침대에 기대어 2주를 보낸 현우는 같은 질문과 대답을 반복하고 있었다.

연약하기 짝이 없는 현우의 몸은 등교 첫날 당했던 폭행의 고통을 아직도 생생히 기억하고 있었다.

또한 그런 고통이 꿈속에서 느껴질 리가 없다는 것 역시 알고 있었다.

게다가 최근에는 이곳이 꿈이 아니라는 확실한 물증이 두 가지나 더 나타났다.

우우우웅─.

방, 한 켠을 차지한 낡은 컴퓨터의 구동음이 방 안을 채우는 지금.

현우의 눈은 이전보다 한결 선명해진 마나의 흔적을 쫓고 있었다.

이게 눈에 보인 지는 13일째.

그가 꿈에서 깰 것이라 생각하며 눈을 붙이고 일어난 직후의 변화였다.

스윽─.

그가 살며시 뻗은 손길에 기분 좋다는 듯 순응하는 마나의 부스러기들은 그의 손끝에 수백 년간 느껴왔던 그것과 동일한 감촉을 전해주고 있었다.

'꿈이라면… 이런 게 가능한 것일까?'

그는 일전에 마나가 제대로 감지되지 않고, 뜻대로 움직이지 않는 것이 꿈인 탓이라고 했었다.

그런데.

그가 이곳이 꿈이라고 생각한 가장 큰 이유 중 하나였던 그것이… 지금 부정당하고 있는 중이었다.

'점차… 조종할 수 있는 양이 늘어가고 있어.'

특별히 마나 수련을 한 것도 아니고, 어떤 비법으로 단련한 것도 아닌데 그가… 아니, 현우가 조종할 수 있는 마나의 양은 급속도로 늘어가고 있었다.

그리고 이런 변화는 뛰어난 언령사의 자질로 남들보다 빠르게, 더 많은 마나를 다룰 수 있었던 현우조차도 겪어보지 못한 급격한 성장이었다.

'어쩌면… 돌아오는 건지도…….'

성장해가는 게 아니라 원래대로 돌아가고 있다.

정말로 그럴지도 모른다고 현우는 생각했다.

처음에는 아무것도 느끼지 못하던 현우의 몸이 칼롯 코즈너의 마나 감응력과 마나 지배력을 따라가고 있는 것인지도 몰랐다.

그렇지 않고서는 이런 변화는 설명이 불가능했다.

"으득……."

그럴수록 절망감이 엄습해왔다.

사실은 이미 마음속 한 켠에서 인정해 버린, 이곳이 진짜 현실이라는 절망적인 사실이 그의 마음을 피폐하게 했다.

이곳은 칼롯 코즈너, 그에게 있어서 꿈이어야만 했다.

꿈이었기에 마법과 마나가 있음에도 사용할 수 없던 것이어야만 했다.

그를 칼롯 코즈너가 아닌 김현우로 회귀시키는 이곳은 절대로 꿈이어야만 했다.

"으드득……."

현우의 앙다문 입술 사이로 거친 마찰음이 흘러나왔다. 지금 그를 괴롭히는 것은 오랜 시간에 걸쳐 몸에 각인된 트라우마.

이곳이 현실이었을 적 그에게 남겨진 생생한 기억들이었다.

수백 년의 세월을 거치며 희석되고, 더 높은 지고의 경지에 오르며 완전히 잊었다고 생각했던 것들이 단 하루의 등교와 이곳이 현실이라는 확신을 가져감에 따라 그의 마음을 침습하고 있었다.

텁텁한 공기로 가득한 좁은 방, 그곳에는 더 이상 칼롯코즈녀가 없었다.

그저 자신이 기억하던 세상과 다른 점을 생각하며, 이곳이 현실이 아니길 바라는 연약한 소년만이 남아 있을 뿐이었다.

벌컥!

"야! 너 진짜 짜증나게 굴 거야?! 빨랑 나와서 밥 처먹어!"

방문을 벌컥 열곤 날카로운 목소리로 외치는 이의 이름은 김예린.

현우의 동생인 그녀가 최근 신경질이 늘어난 이유는 며칠 전 우연히 학교에서 온 전화를 받고부터였다……

그녀는 사실 현우가 학교를 가든 안 가든 알 바가 아니었지만 며칠 전 무심코 받은 전화가 학교에서 현우가 등교하지 않는 이유를 묻기 위한 전화였던 것을 모르고 자신이 누구인지 말을 해버렸던 것이다.

덕분에 선생님들 사이에선 그녀가 '김현우'라는 학교 역사상 최악의 학생과 남매라는 말이 돌기 시작했다.

물론 그 이전이라고 선생님들이 그녀와 현우의 관계를 아예 모르던 것은 아니었지만, 이를 알고 있던 선생님들은 그런 것에 신경 쓰지 않을 만큼 친했으며 또한 그들은 자신의 사랑스러운 제자에게 오점이 있음을 알리고 싶어 하지 않았다.

그렇기에 그녀는 학교에 다니는 2년간 자신이 누구의 동생인지 알리지 않을 수 있었던 것이다.

하지만 지금은 달랐다.

며칠 전 전화 이후로 선생님들에게 알음알음 퍼져나가던 게 이제는 학교 내에 소문으로 번져나가기 시작했다.

물론 보통의 학생이라면 누가 누구의 동생이든 간에 신경 쓸 일이 아닐 테지만 2학년 최고의 아이돌이 역대 최악의 문제아이자 왕따의 동생이란 점은 흥미를 유발하기에 충분한 소재였다.

물론 학교에서 김예린이 극구 부정하는 탓에 대놓고 이런 이야기를 떠드는 사람은 없었지만 의심을 사고 있다는 것만으로도 감수성 예민한 사춘기 소녀에겐 스트레스를 유발했다.

퍽!

"야! 빨랑 와서 처먹어! 너 같은 놈 때문에 우리 엄마 일 두 번 시키지 말고!"

스으윽—.

흠칫.

멍하니 앉은 현우를 호기롭게 발길질로 깨웠지만 반시체와 같은 모습이던 현우가 생기 잃은 눈으로 그녀를 돌아보자 움찔할 수밖에 없었다.

'으……! 정말 재수 없어! 진짜 시체 같잖아! 기분 나빠!'

2주 사이에 식사도 거의 하지 않고 방에 앉아 멍하니 있던 현우의 몰골이 정상일 리 없었다.

본래도 빈약하다 할 만큼 비쩍 말랐던 얼굴은 방금 관에서 꺼냈다고 해도 믿을 만큼 해쓱해져 있었고 햇빛을 전혀 못 받은 피부는 하얗다 못해 창백한 빛을 띠고 있었다.

그런 현우의 몰골이 기분 나쁘다 못해 혐오스러운 김예린이었지만 차마 더 이상 폭력을 행사할 수는 없었다.

그도 그럴 것이 지금 현우의 모습은 여자인 김예린이 조금만 세게 때려도 죽을 것만 같은 병자의 모습이었으니 말이다.

그렇게 멍하니 자신을 바라보는 현우를 보며 김예린은 결국 신경질을 내며 방을 나가버렸다.

"이익……! 재수 없는 새끼! 이젠 니 멋대로 해!"

콰앙!

현우가 멍하니 바라보는 가운데 벌컥 열려있던 문은 열릴 때와 마찬가지로 큰 소리를 내며 거칠게 닫혔다.

그러곤.

"엄마 저 나갔다 올게요!"

현우를 대할 때와 전혀 다른, 선명하고 명랑한 목소리였다.

그것은 현우에겐 허락되지 않는 목소리였다.

"어디 가니?"

조금 높은 톤의 부드러운 목소리.

듣는 것만으로도 가슴을 채우는 따뜻한 감정이 녹아든 목소리였다.

"잠깐 친구들 좀 만나고 올게요."

"그래, 너무 늦진 말고."

그리고… 이 목소리도 마찬가지였다.

'저런… 목소리였구나.'

현우로선 너무도 오랜만에 들어본 목소리였다.

칼롯 코즈너로 있던 수백 년은 제하더라도 현우가 이곳에 돌아오고 지난 2주간 현우는 그의 새엄마 목소리를 들어본 일이 없었다.

그녀가 현우 앞에선 말을 하지도 않거니와 그간 현우가 불안에 떨며 방 안에 처박혀 있는 동안 바깥일에 전혀 신경을 쓰지 않았기에 이전엔 전혀 듣지 못했었다.

아마 오늘도 좀 전에 김예린이 방에 들어왔다 나간 게

아니었다면 밖의 소리를 전혀 듣지 못했을 것이다.

"망할 자식, 친구들 보러 가야 하는데 기분 더럽게! 차라리 죽어버릴 것이지! 저러다 방에서 죽기라도 하면……!"

낡아빠진 방문 틈 사이로 작은 중얼거림이 들려왔다.

현관에 바로 붙어 있는 방이 현우의 방이었기에 들려온 소리였다.

비록 현우를 괴롭히긴 하지만 소녀로서 일말의 양심의 가책인지, 아니면 혹여나 현우가 자신의 목소리를 듣고 유서에 그녀의 말을 적어 버릴까 하는 걱정 때문인지, 그 소리는 지극히 작은 웅얼거림에 불과했다. 하지만 평범한 사람에게 웅얼거림으로 비춰질 이 작은 소리는 본의 아니게 오랜 시간 조용한 방 안에만 있은 탓에 외부 소리에 민감하게 된 현우에겐 천둥만큼이나 커다랗게 들려왔다.

'죽음…이라……?'

현우는 조심스레 침대에서 일어나 며칠째 켜져 있는 컴퓨터 앞에 앉았다.

대기 화면으로 검게 빛나던 모니터엔 정체를 알 수 없는 수많은 전문 용어들이 즐비하게 늘어져 있었다.

그걸 보는 현우의 얼굴에 다시 괴로움이 떠올랐다.

수많은 전문 용어와 전문 지식.

저건 많은 책을 섭렵한 현우조차도 알지 못하는 각 분야의 진짜 고등 지식들이었다.

개중에는 기존에 현우가 가지고 있던 지식들로도 어느 정도 이해가 가능한 부분들이었지만 대부분은 전문 지식답게 알 수 없는 것투성이였다.

그리고 이건 이곳이 현실이라는, 또 다른 증거이기도 했다.

만약 이곳이 현우의 의식을 바탕으로 한 꿈속 세상이라면 현우의 지식으로 설명이 불가능한 부분은 없어야만 했다.

만약 새로운 무언가가 있더라도 그것은 현우의 지식을 바탕으로 조합된 무언가여야만 했다.

하지만 지금 현우가 보고 있는 모니터에 나타난 각종 신개념의 지식들은 말 그대로 기존의 지식을 벗어난 새로운 것들이었고, 이는 이곳이 결단코 꿈이 아니란 반증이기도 했다.

"제길⋯⋯."

쾅!

앙상한 손이었지만 그 안에 담긴 큰 분노로 책상을 때리자 큰 소리가 났다.

'그곳으로⋯ 돌아가고 싶어!'

수백 년 세월을 살아온, 현우의 진짜 고향보다도 더 고향 같은 곳.

그를 거둬준 스승님과 자신을 사람으로 받아준 이들의 추억이 있는 곳.

그가 칼롯 코즈너이던 세상으로 돌아가길, 현우는 갈망하고 있었다.

하지만 지금으로선 그 방법을 전혀 알 수 없는 상태.

게다가 너무나 큰 갈망과, 거대한 절망에 빠진 현우의 뇌는 이미 이성적인 판단을 못하고 있었다.

그 결과, 꽤나 황당무계하면서도 그럴싸한 생각을 내놓았다.

'죽음…… 죽는다면… 차원 간의 이동이 가능하지 않을까?'

죽음을 계기로 차원 이동을 꿈꾼다는 생각은 참으로 어처구니없는 생각이었지만 현우가 가진 방대한 마법적 지식을 기반으로 한다면 불가능하지만은 않은 것이었다.

특히나 현우는 칼롯 코즈너 시절 이미 영혼에 대한 많은 연구를 한 바 있었다.

마법이 있는 저쪽 세계에선 네크로맨시와 같은 영혼이나 시체를 다루는 전문 마법 분야가 있었고 이는 다른 세상에서 귀신 같은 건 없다는 믿음을 가져온 현우에게 꽤나 흥미로운 주제였기 때문이다.

뿐만 아니라 그 자신의 차원 이동 방식도 잠든 틈을 탄 유체 이탈이 차원 이동으로 연결된 건 아닌가 하는 가설도 가지고 있었다.

물론 당시엔 이쪽 세상의 정보가 전무한지라 진짜로 유체 이탈을 해서 영혼이 넘어온 것인지, 아니면 육체 자체가 전이된 것인지 알 수 없었지만, 지금 이곳에 기존의 칼롯 코즈너의 신체가 아닌 김현우의 신체가 있다는 것만으로도 영혼 내지는 의식이 차원 이동한 것이란 생각 정도는 쉽게 할 수 있었다.

그렇다면 만약 이곳에서 육체를 잃고 영체 상태가 된다면, 이 세상에서 머물 곳을 잃은 자신의 영혼은 다른 세상의 칼롯 코즈너의 육체로 깃들지 않을까 하는 생각은 그리 허무맹랑한 생각만은 아니었다.

'물론 실패한다면……'

완전한 죽음 외의 다른 선택지가 있을 리 없었다.

하지만 현우의 정신은 그런 최악의 상황을 떠올리지 못할 만큼 흔들린 상태.

칼롯 코즈너 시절의 현명하고 이성적인 판단은 불가능했다.

현우는 이미 이곳에 있는 게 죽는 것보다 싫었다.

덜컥!

흠칫!

오랜만에 방문을 열고 나온 현우의 모습에 거실에 식탁을 치우던 그의 새엄마 박예은이 흠칫 놀란 표정을 지었다.

그녀로선 현우를 마주할 일이 별로 없었던 데다 근래 2주간은 김예린이 대신 말을 전했으니 정면으로 현우를 본 건 굉장히 오랜만이었다.

"……."

"……."

현우의 기괴한 몰골에 동그란 눈을 하고 있던 박예은이 이내 안정을 찾은 듯 평소의 덤덤한 표정으로 돌아가자 현우도 잠시 그녀를 바라보던 시선을 현관으로 향했다.

'무엇을 기대했던 걸까?'

비록 배 아파 낳은 자식은 아니지만, 이제 곧 아들이 죽으러 가니 잡아주기를 바라기라도 했던 걸까?

아니면 이제 결과가 어떻든 영원히 볼 일 없는 얼굴이니 마지막으로 얼굴을 잠시 봐두고 싶었던 것일까?

현우는 그 찰나지간 스스로가 바란 것이 어떤 것인지 알 수 없었지만 현관을 나서며 입가를 어루만졌을 때, 자신이 씁쓸한 미소를 짓고 있다는 것은 알 수 있었다.

탁탁!

급하게 나오느라 구겨 신은 운동화를 바닥에 몇 번 부딪치는 것으로 신발을 정리한 현우는 그렇게 집을 나섰다.

어떻게 죽어야 할지, 그런 건 가면서 생각해볼 참이었다.

저녁 늦은 시간.

아파트 엘리베이터의 새빨간 불빛이 을씨년스럽게 빛났다.

＊　　　＊　　　＊

현우가 집을 나선 시각.

경기도 인근의 모처.

구름에 가린 미약한 달빛만이 간신히 들어온 어두운 방 안, 그중에서도 가장 검게 드리워진 그림자 안에서 중후한 목소리가 흘러나왔다.

"그래… 일은 잘 진행되어 가고 있나?"

그러자 마찬가지로 어두컴컴한 곳에 위치한 인영이 대답했다.

"예. 걱정하실 필요 없을 듯합니다."

"……최근 국정원 쪽에서 난입을 한다던데."

"그 부분 역시 염두에 두고 있습니다. 국정원 쪽 마법사들은 대부분 실전 경험이 터무니없이 적은 데다 주요 인사의 마법 수준도 고작해야 2클래스…. 저희 쪽 인력 중 일부만 나서도 정리 가능한 수준입니다."

그렇게 말하며 눈을 빛내는 인영의 목소리엔 자신감이 가득했다.

"물론 그렇기야 하겠지… 하지만 내가 바라는 건 겨우 국정원 나부랭이들의 괴멸 같은 게 아니야. 그런 쓰잘머리 없는 짓을 해봤자 우리의 존재가 알려져서 타초경사의 우를 범하게 될 테지. 최선은 아무에게도 들키지 않고 일을 처리하는 거다."

"그, 그렇습니다."

칠흑 같은 어둠 속에서 들려오는 목소리는 자신감에 차 있던 인영의 기를 꺾어놓기에 충분했다.

"……중간보고를 듣고 싶군."

"옛! 현재 작업의 전체 진행도는 50%가량이며 이 중 마법진은 80% 이상 완성되어 있습니다. 오늘 작업하는 '마나 집중 구성부'가 완성되면 완성도가 90%에 육박할 것으로 추정됩니다."

"마나 집중이라… 주의해야 할 게 많을 텐데… 기존의

'비전문 인력'으로 가능하겠나?"

"……물론 불안감이 없는 것은 아니지만 일단 해당 구성부가 설치될 부분이 수도권인지라 일단 국정원의 위협도 있고… 다른 곳을 만들던 '비전문 인력'들이 경찰에 잡혀서 그것들을 처리하느라 전문 인력은 인원이 모자랍니다……."

"이해할 수 없군. 그렇다면 더욱 전문 인력을 보내야 하는 거 아닌가?"

"물론 그렇게 하는 게 가장 좋은 방법이지만… 잡혀 들어간 녀석들을 미리미리 처치하지 않으면 차후 문제가 생길 수도 있으니……."

뒷말을 흐리는 인영의 말에 잠시 아무 말도 없던 중후한 목소리의 주인이 느리게 입을 열었다.

"흠… 그도 그렇군. 그런데 말이야……."

푸화확!

쫘아아악!

"크흐읍!"

그가 입을 여는 것과 동시에 시작된 마나의 파장은 단숨에 보고를 하던 인영을 휘어 감았고 이내 인영을 옥죄어 오기 시작했다.

"……분명 나에게 걱정할 일이 없다고 보고했던 거 같

은데?"

"크… 크허억! 죄, 죄송……!"

압력에 대항하여 간신히 숨을 참고 있던 인영의 입에서
사죄의 한마디와 함께 죽음을 예고하는 숨결이 쏟아지자
그 순간을 기점으로 하여 인영을 감싸고 있던 마나의 압력
이 씻은 듯이 사라졌다.

풀썩!

"크허억! 허억! 흐어어억……!"

바닥에 꿇어 앉아 거친 숨을 몰아쉬는 인영만 없었다면,
그 누구도 이 세상에 사람을 눌러 죽일 만한 마나의 압력
이 존재한다는 것을 몰랐을 것이다.

"……최근 일손이 귀하다고 하니 한번은 살려주겠다."

"크… 크흑… 가, 감사합니다!"

"하지만… 마법사의 입에서 나오는 말은 언제나 하는
말에 책임을 질 수 있어야 한다. 그런 의미에서 너는 마법
사로선 실격이군…. 나는 내 휘하에 마법사가 아닌 녀석
을 두고 싶은 마음이 없으니… 앞으로 조심하는 게 좋을
거야."

"예, 옛! 주의하겠습니다."

"……오늘 밤 계획의 성공 보고를 기다리겠다. 나가 봐
라."

꾸벅-.

"예, 옙!"

중후한 목소리가 내린 명령에 깊게 고개 숙여 인사한 인영은 이내 어두운 그림자 속으로 후다닥 사라져버렸다.

자신이 조금 전 보고를 위해 들고 왔던 서류철조차 잊어버린 채 말이다.

그리고 잠시 뒤 아무것도 없는 걸로만 보이던 어둠 속에서 건장한 그림자가 불쑥 뛰어나왔다.

그림자는 인영이 급하게 나가느라 미처 챙겨가지 못한 서류철을 들어 내용을 대충 훑어 봤다.

그곳엔 대한민국의 지도가 간략하게 그려져 있었고, 지도를 중심으로 주변엔 빼곡한 수식들이 적혀있었다.

하지만 그런 내용은 그림자의 관심을 끌지 못한 듯 이내 설렁설렁 서류가 넘어갔다.

그것도 잠시.

멈칫-.

그림자의 손이 한 장의 서류에 멈춰 섰고 어둠 속에서 새파란 빛을 띠는 안광이 서류의 내용을 훑었다.

그곳엔 오늘 날짜와 금일 작업하기로 예정된 마나 집중구동부, 그리고 그게 설치될 위치 등이 상세히 적혀 있었다.

그 내용을 위에서부터 찬찬히 내려가던 그림자의 시선
은 이내 설치 위치에서 조금 더 오래 멈춰 섰다.

"이곳은……."

그곳에 적힌 상세 주소를 보며 무언가를 생각하는 듯
입을 다물고 있던 그림자에게서 이내 바람 빠지는 소리가
흘러나왔다.

피식-.

"그래… 내 알 바 아니지."

툭!

명백한 조소. 그와 함께 이해할 수 없는 혼잣말을 중얼
거린 그림자는 펼쳐진 서류철을 던져놓은 채 본래 그가 있
던 어둠 속으로 사라졌다.

구름을 벗어난 달빛이 서류철을 길게 비췄다.

4.
죽음과 바름

지이익……턱!

지이익……턱!

힘없이 끌리는 발걸음 소리가 저녁 길거리에 울려 퍼졌
다.

그저 듣는 것만으로도 사람을 지치게 만드는 소리에 지
나가는 사람들이 소리의 진원지를 간간이 돌아봤지만.

이내 그 소리를 내는 주인공, 현우의 괴물 같은 몰골에
시선을 회피해버렸다.

하지만.

그런 그들의 눈초리를 아는지 모르는지, 현우는 생각에

빠져있었다.

그것도 자신의 죽음에 관한, 아주 중요한 주제를 놓고 말이다.

'죽는다… 죽는다라……'

집을 나설 땐 당장에라도 이곳을 벗어날 수 있는 획기적인 발견을 했다는 생각에 큰 기대와 작은 두려움에 떨고 있었지만, 당장 눈앞에 닥친 문제는 그런 생각을 잊게 했다.

'어떻게 죽을 것인가?'

지금 현우를 괴롭히는 생각은 바로 죽는 방법에 대한 것.

인간은 지극히 약한 만큼 죽는 방법은 다양하고도 간단한 것이 많았다.

하지만 그렇다고 해서 아무렇게나 죽을 수는 없는 노릇.

만약 현우가 차에 뛰어들어 죽는다면 그를 친 재수 없는 누군가는 평생을 고통에 시달려야 할지도 모를 일이었고, 낯선 집 담벼락에 기대어 손목이라도 긋는다면 그를 발견할 집주인은 경찰에 시달려야 할 것이었다.

설령 그가 남에게 피해를 주지 않겠다고 유서를 남기고 자살한들, 경찰들이 그의 자살 사유를 찾아 역행을 하다 보면 필연적으로 만나게 될 지금의 새엄마와 여동생, 그리고 학교의 많은 학생들에게 여러 문제가 생길 가능성이 농

후했다.

물론, 이렇게 '김현우'라는 육체가 죽음을 떠올릴 만큼 거대한 트라우마를 남긴 그들에게 동정심이 든다든지, 혹은 그들에게 향할 벌이 부당하다고는 눈곱만큼도 생각지 않았다.

하지만 한평생 '바름'을 인생의 모토로 삼았던 현우의 의식과 육체였다.

비록 정신적 트라우마와 칼롯 코즈너 시절 의식의 괴리로 인해 그가 언제나 지켜오던 '바름'이 퇴색되고 그 의미가 바랜 상황이었지만, 그럼에도 현우는 지금 '바름'을 떠올리고 있었다.

남에게 피해를 주지 않겠다는 바른 생각을 말이다.

물론 스스로 목숨을 끊으려는, 절대적으로 바르지 않은 상황에서 그런 걸 지키는 게 무슨 상관이 있겠느냐만 말이다.

'어쩌면… 그냥 흔적을 남기는 게 싫은 건지도 모르지.'

현우는 '어쩌면'이라고 생각했지만 실제로 그런 게 틀림없었다.

대언령사로서 마법이 가져다준 깨달음 속에서 바름의 족쇄를 벗어던진 지 오래된 칼롯 코즈너였다.

비록 작은 균열이 계기가 되어 무너져 버렸다고 한들 대언령사의 정신을 이루고 있던 거대한 잔해들은 은연중에 현우에게 영향을 끼치고 있는 게 분명했다.

만약 '바름'에 절대적인 영향을 받는 본래의 '김현우'였다면 애당초 이런 상황까지 오지 않았을 테니 말이다.

그럼에도 불구하고 현우가 자꾸 바름을 찾는 데는 스스로가 죽음을 찾는 행동으로부터 정신을 분산시키기 위해서였다.

죽음이란 극단적인 선택을 하면서 조금이라도 자신의 선택에 후회가 오는 것을 막기 위해, 이성에 잠식되어 지금 선택한 비이성적 답안을 부정하지 못하게 스스로의 의식을 분산시키고 있는 것이었다.

그 결과 지금 현우의 의식은 죽음이란 단어가 가져오는 두려움을 배제한 채 자신의 죽음으로 그 누구에게도 피해가 가지 않고 그 누구의 기억 속에도 남지 않을 방법을 떠올리고 있었다.

허울만 남은 바름에도 순응하는 척하며 말이다.

지이익… 턱!

지이익… 턱!

하지만 그 어떤 흔적도 남기지 않는다는 게 어디 쉬운 일일까?

꽤나 많은 고민을 해본 현우였지만 몇 번을 고민해도 좋은 생각은 좀처럼 떠오르지 않았다.

아니, 어쩌면 현우는 답이 없는 질문에 해답을 찾고 있는 것인지도 몰랐다.

아주 오래전 과학기술이 발달하기 전이라면 그저 살던 곳과 동떨어진 깊은 산중에 들어가 죽는 것만으로도 충분했을 것이다.

혹여나 발견되더라도 연고를 알 수 없는 시체에 크게 관심 쏟을 사람은 없을 테니 말이다.

하지만 지금은 시대가 달라졌다.

사람이 지나간 흔적만으로 사람을 찾아내고, 가느다란 체모 하나로 사람을 분별하며 전국 방방곡곡에 설치된 지치지 않는 눈은 모두의 행적을 파악하고 있었다.

단순히 과학 기술만으로도 이런 수준인데, 만약 마법 기술이 합쳐졌다면 어느 곳에 가더라도 완전히 행방불명 되는 것은 불가능에 가까웠다.

'하지만… 그렇다고 해서 행방불명자가 없는 것도 아닌 게 사실.'

누군가를 지키지 위한, 혹은 감시하기 위한 기술이 발전하면 그것을 벗어나기 위한 기술의 발전은 필연적일 수밖에 없었다.

그리고 현우는 직감적으로 이 기술이 마법과 연관이 있으리라 생각했다.

'본래의 내 능력이 있었다면 이런 고민이 필요 없을 텐데……'

대언령사가 지니는 마법 능력은 대륙 하나를 들었다 났다 하기에 충분한 힘.

한 인간이 가지기엔 과도하다는 표현이 어울리는 어마어마한 힘이었다.

그런데 그런 힘을 현우는 죽음을 감추는 용도로 쓸 생각을 하고 있는 것이었다.

물론 지금 당장 그럴 힘은 없지만 말이다.

"흡……!"

현우가 작은 기합과 함께 눈을 반개하자 순간 현우의 눈앞이 푸른빛으로 가득해졌다.

그리고 잠시 뒤 현우가 다시 눈을 크게 떴을 때, 그런 현상은 사라져있었다.

'지금 사용할 수 있는 마나양은… 1클래스…. 2클래스가 조금 못 되는 수준인가.'

굉장히 실망스러운 수치.

현우의 입가에 씁쓸한 미소가 맺혔다.

본래 대언령사이던 현우의 마법 능력은 이미 클래스로

따지기엔 단위가 모자랄 만큼 지고한 경지였다.

그런 그의 눈에 겨우 2클래스나 될까 하는 마나 지배력은 턱없이 낮게 보였다.

하지만, 현우가 한 가지 모르고 있는 사실이 있었다.

이 세상 역사엔 마법이 언제나 존재해 왔고 당연시되었지만 그 재능을 타고난 사람은 기존 칼롯 코즈너의 세상보다 턱없이 적었다.

아니, 사실상 거의 없다고 보는 게 맞았다.

거기에 그들에겐 마법을 전수해줄 '존재'가 없었다.

칼롯 코즈너의 세상에는 마법의 조종이라 불리는 드래곤은 물론 마법 사용을 당연시하는 엘프를 비롯한 수많은 종족들이 있었다.

그들 대다수는 폐쇄적인 성격을 띠고 있어 인간에게 무언가 전하기를 꺼렸지만 간혹 나타나는 극소수의 존재들은 인간과 교류하며 그들의 지식을 아낌없이 전파했다.

그렇게 태어날 적부터 마법을 가진 이들로부터 흘러나온 지식들은 수대에 걸쳐 쌓여 인간들에게 전승되어져 왔고 끊임없는 연구 끝에 수많은 마법 공식, 원리가 발견되고 개발되었다.

그 결과가 바로 역대 모든 마법사를 통틀어도 없을 법한 대언령사 칼롯 코즈너였다.

하지만 이 세상엔 그런 '존재'가 없었다.

그들에게 있어서 마법은 우연히, 자연스레 나타나는 것 외엔 사용법을 이해하는 자조차도 드물었다.

극히 소수에 불과한 그들은 각자의 마법적 견해를 이해 하며 연구 결과를 토론할 만한 상대가 존재하지 않았다.

그 결과 이 세상의 마법 발전은 칼롯 코즈너의 세상에 비해 극도로 뒤쳐져 있었고, 그 후유증으로 마법이 공인화 되고 수많은 지식들이 집대성되는 상황에 왔음에도 그 수 준은 지극히 낮았다.

국가에서 채용되어 활동하는 국가 공인 엘리트들인 국 정원 현직 직원들조차 2클래스가 평균이었다.

게다가 4클래스, 내지는 5클래스만 되면 세계가 인정 하는 대석학이라 불렸다.

5클래스는 칼롯 코즈너의 세상에서도 재능 있는 자들 중 특별한 이들에게만 열리는 길인 만큼, 마법적 지식이 충분치 못하여 3클래스 이상의 지식이 거의 존재하지 않 는 이 세상에서 그 길을 개척해낸 그들은 충분히 그런 칭 호를 받을 만했다.

그런 상황에서 현우가 가진 지금의 2클래스에 근접한 힘은 상당한 수준이었다.

물론 말했다시피 현우는 그런 사실을 전혀 몰랐다.

'어쨌든 마나 지배력이 2클래스 정도란 것뿐… 마법 지식이나 기존 마법 운용 실력이 있으니 3클래스 중급 마법 한 번 정도는 가능하겠군.'

언령사의 마법 사용 방식과 일반 마법사의 마법 사용 방식에는 꽤나 차이가 있었기에 가능한 일이었다.

일반 마법사가 본인 클래스를 넘어서는 마법을 사용 못 하는 것은 아니었지만 마나가 쌓이는 심장에 무리를 주기 때문에 대게 그런 무리한 운용은 하지 않는 게 상식이었다.

그에 비해 언령사는 몸에 마나를 쌓아두는 방식이 아니라 외부의 마나를 일정 영역 지배하에 둬서 그 자리에서 즉시 마법으로 만드는 과정을 거치기 때문에 본인 실력만 충분하다면 상대적으로 부담 없이 더 높은 수준의 마법을 사용할 수 있었다.

'만약의 경우, 편법도 있긴 하지만……'

현우가 떠올린 편법은 굳이 본인이 다룰 수 있는 마나 총량과 관계없이 몇 단계 높은 수준의 마법을 다룰 수 있게 하는 마법이었다.

물론 말 그대로 편법이니 만큼 여러 가지 문제점이 있어 뛰어난 마법 실력을 가진 현우조차도 손대기 꺼려지는 힘이기도 했다.

"……뭐, 지금은 그런 걸 고민할 필요 없겠지."

현우의 말 그대로였다.

상대적으로 타 클래스에 비해 높은 효율을 내는 3클래스의 마법들이었다.

그만큼 효용성도 높고 써먹을 곳도 많았다.

확신할 순 없지만 단 한 번으로 어쩌면 현우의 꿈(?)을 도울 수 있을지도 몰랐다.

'이미 신체는 극단적으로 쇠약해진 상태⋯. 마법이 아니라 당장에 자전거에 치여 죽는 대도 이상하지 않을 정도긴 하지만 아무리 생각해봐도 뒤처리가 문제로군.'

땅을 파고 들어가 마법으로 머리 위에 흙을 덮어 버릴까?

몸에 신분을 알 수 있을 만한 걸 모두 은폐하고 눈 딱 감고 파이어볼을 수직으로 떨어뜨려 볼까?

그도 아니면 은폐 상태로 유지되는 마법진을 그려놓고 그 자리에서 죽어야 할까?

마법이란 선택지가 생기니 꽤 여러 가지 방법이 떠올랐지만 전부 마음에 걸리는 것들이었다.

사실 저만하면 흔적을 안 남기고 죽는 방법으로는 부족함이 없었지만 계속 현우를 망설이게 하는 것은 바로 3클래스의 마법이 가진 한계점 때문이었다.

여전히 이 세상의 마법 수준을 알 리가 없는 현우는 3

클래스 마법이 갖는 마법 자체의 고유한 마나의 흔적이라면 4클래스… 아니, 동일한 3클래스 수준의 마법사라도 단숨에 알아볼 수 있다는 점에 대해 고민하는 것이었다.

"음… 곤란하군. 깊은 산중으로 들어가 첫 번째나 세 번째 방법을 택하고 싶지만… 이런 몸이라 가다가 객사할 것 같은데……."

사실 단순히 객사가 문제라기보다도 요즘 같은 시대에 길을 찾기 어려운 깊은 산중을 찾는다는 것부터가 문제였다.

그렇게 현우가 머릿속으로 여러 가지 방법에 대해 구상하고 있을 때였다.

아파트 단지를 벗어나 저층의 주택가가 죽 늘어선 주거지에 들어선 현우의 눈앞에 이곳 주택단지에 어울리는 작은 슈퍼 앞에서 무언가 용을 쓰고 있는 건장한 남자들이 눈에 들어왔다.

"……일하는 건가?"

하지만 지금 시간은 어림잡아 늦은 저녁을 지나 새벽을 향해 가는 시간. 그들이 슈퍼의 주인이라고 해도 일을 하는 중이라고 보기엔 어려웠다.

게다가 그들이 만지고 있는 건 슈퍼의 문이 아니라 그 앞의 자판기였고, 자판기의 열쇠 구멍 부분을 열쇠와는 전혀 관계없어 보이는 물건으로 바쁘게 들쑤시고 있다면 더더욱 그랬다.

'도둑…인가?'

최근은 아니지만 예전부터 자판기 도둑에 대한 이야기는 꽤 들어본 바 있었다.

길거리에 나와 있는 자판기는 상대적으로 보안이 허술한 만큼 늦은 새벽 도둑들의 먹잇감이 되기에 충분했다. 게다가 경우에 따라선 간단한 위장만으로도 직원으로 보이기도 하니, 상대적으로 위험도도 덜해 도둑질에 안성맞춤인 소재였다.

그렇게 먹잇감이 되기 쉬운 자판기들은 외부 충격에 강한 소재를 사용한다고 했지만 작정하고 털어가는 데야 속수무책일 수밖에 없었다.

그리고 이런 속수무책인 자판기 도둑을 현우는 지금 직접 목격하는 중이었다.

'어떻게 할까?'

처음부터 모르고 그냥 지나갔으면 모를까 보고 나니 마음에 걸리지 않을 수가 없었다.

물론, 예전의 현우였다면 앞뒤 안 가리고 저들을 막았을 것이다.

그게 현우의 정의였고 자신이 생각해온 바름이었으니

말이다.

하지만 지금은 달랐다.

그런 '바름'의 속박 같은 건 없어진 지 오래고 지금의 현우에게 남은 바름은 자신을 합리화하기 위한 수단으로서의 바름밖엔 남지 않았다.

게다가 지금의 현우는 다른 곳엔 신경 쓸 겨를이 없지 않은가?

그 순간.

"읍—!"

우웨엑!

그들의 행동을 못 본 척 지나가겠다는 마음을 먹은 순간, 현우는 원인을 알 수 없는 역겨움에 든 것도 없는 속을 게워내야만 했다.

허억… 허억……

'뭐, 뭐지? 몸이 약해진 탓인가?'

원인을 알 수 없는 현상에 당황한 현우였지만 당황한 건 현우뿐만이 아니었다.

"뭐, 뭐야! 사람인가?"

"술 취한 거 같은데?"

벽을 부여잡고 토악질을 하는 모습과 비척거리는 걸음걸이를 본 도둑들에게 현우는 만취한 취객으로 보였다.

"어, 어떡하지?"

"……글쎄, 우리를 기억하려나?"

도둑들이 현우의 모습을 보고 갈팡질팡하는 사이, 현우는 현우대로 우왕좌왕하고 있었다.

"우우욱……!"

아무리 게워내도 가시지 않는 역겨움에 숨도 쉬기 어려운 지금, 현우는 갑작스러운 역겨움의 정체를 찾아 눈을 돌리지 않을 수 없었다.

딱히 먹은 게 없으니 역겨움의 요인이 외적 요인이라고밖에는 생각할 수 없었으니 말이다.

'근처 공기 중에 약 같은 게 살포되어 있나?'

그렇다고 하기엔 몸의 반응이 너무 즉각적이었다.

물론 현우의 몸 상태가 정상이 아닌 만큼 만약의 경우가 있기는 하지만, 비록 새벽이라곤 하나 이렇게 불특정 다수가 지나다니는 곳에 그런 걸 살포했다고 보기는 어려웠다.

게다가 이곳을 지나던 게 현우뿐이고 현우 본인에게만 증상이 나타난 이상, 현우를 노린 것인지 다른 누군가를 노린 것인지도 불명확했다.

'……일단 몸을 확인해봐야겠군.'

신맛이 느껴지는 입을 다물고 토악질이 계속되는 것을

참은 채 현우는 마나로 몸을 수색했지만 다행인지 불행인지 몸에서 검출되는 외부 인자는 존재하지 않았다.

'단순히 몸이 약해진 탓에 생긴 변화인가?'

하지만 그렇게 단정하기엔 역시 전조가 없었다는 게 마음에 걸렸다.

오래도록 연구되어온 인간의 몸이었지만 이곳 세상에서도, 칼롯 코즈너의 세상에서도 아직까지 완벽하게 분석되지 못한 것이 인간의 몸이었다.

이토록 극단적으로 쇠약해진 몸이라면 이런 변화도, 저런 변화도 있을 수 있었다.

그렇지만… 그건 보통 사람의 이야기였다.

현우의 몸이 말 그대로 극단적으로 쇠약한 모습이긴 했지만 마나를 다루는 마법사의 몸이었다.

집중하여 관리하는 것은 아니지만 무의식중에 마나로 자신을 검사하고 주요 장기를 보호하는 행위는 끊임없이 이루어지고 있었다.

그런 상황에서 현우 본인이 아무것도 느끼지 못하는 질병 따위가 발병했다고 보기는 힘들었다.

'정신적인… 문제인가?'

당장에 외부에, 신체에 문제가 없다면 떠오르는 것은 정신적인 문제뿐이었다.

신체만큼이나 쇠약해진 정신은 이런저런 질병을 불러오기에 충분한 상태였고 마나가 아무리 많고 그 운용능력이 뛰어나다고 한들, 외부로부터의 충격이 아닌 이상 정신을 보호할 수는 없었다.

'역시 정신적인 문제 같은데… 스스로의 죽음을 상상한 탓일까?'

어떤 사람이든 자신의 죽음을 고민한다면 몸이 안 좋을 수밖에 없으리라.

그것도 세세하게 그 방법에 대해 고민하고 본인 손으로 자신의 시체를 유기하고자 한다면 더욱더 그랬다.

하지만.

현우는 직감적으로 그런 이유는 아닐 거라 생각했다.

여기까지 오며 계속 죽음에 대해 고민한 탓도 있지만 현우가 자신의 죽음에 대해 진지하게 생각해본 게 이번이 처음이 아닌 탓도 있었다.

칼롯 코즈너 시절, 수백 년을 살아온 만큼 언제나 자신의 죽음을 염두에 두고 있었고 비정상적으로 살아온 만큼 비정상적으로 죽을 수 있다는 생각에 시간이 날 때마다 유언장을 고치곤 했던 그였다.

그렇게 죽음에 대해 항상 생각해 왔기에 죽음으로서 다른 세상으로 넘어간다는 황당무계한 발상에 상대적으로 거부감이 덜했는지도 몰랐다.

　'그렇다면… 아까 죽는 것 외에 생각하던 게…….'

　"저기요, 아저씨!"

　현우가 또 다른 상념에 빠지려는 찰나, 가까이서 낯선 목소리가 들려왔다.

　"아저씨 술 많이 취하신거 같은데… 이거라도……."

　번뜩!

　휘청-.

　목소리가 들려온 순간 반사적으로 몸을 크게 트는 바람에 약해진 몸뚱이가 관성을 버티지 못해 휘청거렸지만 그 우연이 현우를 도왔다.

　"어럽쇼? 피해?"

　그렇게 말하는 남자의 손엔 시퍼런 빛을 내뿜는 칼이 들려 있었고 그건 조금 전까지 현우가 서있던 곳에 정확히 멈춰서 있었다.

　'젠장…. 이 녀석들, 목격자를 처리할 속셈인가?'

　이로써 확실했다.

　아니, 원래도 확실히 그럴 거라 예상은 했지만. 스스로 합리화하기 위해 믿으려 하지 않았다.

　지금의 현우는 저들을 피할 구실이 필요했으니 말이다.

　'하지만… 일개 좀도둑들이 굳이 사람을 죽여가면서 목

격자를 처리하려는 게 정상일까?'

물론 도둑들이 주인에게 들켜 도망가지 못하고 강도로 돌변한다는 이야기는 꽤나 많은 만큼 지금 상황은 있을 법한 상황이었다.

하지만 상대는 현우를 인사불성의 취객으로 인지하고 있었다.

게다가 이곳은 주변이 텅 빈 길거리 한복판.

그들이 평범한 도둑들이라면 목격자가 자신들을 확인하기 전에 냅다 달아났을 것이다.

아니, 혹여 자판기를 포기하지 못해서 그렇다 하더라도 취객의 상태를 확인할지언정, 일단 칼부터 쑤셔 넣는다는 것은 말이 안 되는 일이었다.

그리고 또 한 가지…….

'이 녀석들… 내 몸을 뒤지려고도 하지 않았어.'

흔히 취객과 도둑이 만나면 '아리랑치기'라고 하는 취객을 대상으로 하는 범죄가 떠오르기 마련이었다.

특히나 이들이 자판기를 털고 있을 만큼 돈이 궁한 이들이라면 눈앞에 나타난 취객의 지갑에 관심이 가지 않을 리 없었다.

그런데 이들은 가까이 옴과 동시에 칼을 휘둘렀으니 최소한 돈이 목적은 아니란 말이었다.

'이제 보니 저 칼… 원래 그런 용도로 쓰는 칼이군……!'

가로등조차 듬성듬성한 거리인 탓에 처음엔 칼이 반짝이는 것만 보이던 것이 조금 익숙해지니 칼끝을 빼고 테이프로 칭칭 감긴 칼의 모습이 현우의 눈에 명확하게 들어왔다.

그게 의미하는 바는 컸다.

살인 도구로써의 칼.

칼끝 일부를 제외한 나머지 날 부분에 테이프를 감아 날이 깊게 박히지 않고 빠르게 뽑을 수 있게 해서 여러 번 찌르기 위한, 사람을 죽이는 데 특화된 칼이란 의미였다.

그리고 이런 칼을 가졌다는 것은.

'그냥 도둑들은… 확실히 아니군.'

애당초 마주친 이상 피해 갈 수 있는 상대는 아니었다는 것을 깨달은 현우는 여태 대치를 하고 있었음에도 불구하고 이제야 그들을 상대할 마음을 먹었다.

그 순간.

파하ー.

"……?"

현우는 스스로도 놀랄 만큼 깊게, 그리고 편안하게 숨을 쉬었다.

조금 전까지 역겨움에 숨쉬기조차 힘들었건만 어째선지

그런 역겨움조차 사라져 있었다.

'설마……?'

"야! 바쁘니까 빨리 해!"

"아저씨! 미안!"

문득 떠오르는 것이 있어 몸을 멈춘 현우였지만 여태 현우와 대치하고 있던 도둑들은 그런 현우를 기다려 줄 생각이 없었는지 멀리서 여전히 자판기와 씨름하고 있던 남자가 외치자, 칼을 들고 있던 사내가 곧장 움직이기 시작했다.

슉슉!

"흐헛! 헙!"

"아저씨 취권이라도 배웠어?! 꽤 빠른데?"

순식간에 현우의 배가 있던 곳 근처를 두 번이나 칼이 훑고 지나갔고, 현우는 휘청거리는 몸으로 사력을 다해 그 칼날을 피했다.

그 모습을 보며 칼을 휘두르던 남자가 비웃었지만, 현우는 이에 반응은커녕 당장에 어떻게 해야 할지도 막막한 상황이었다.

사실 지금 피하고 있는 것도 거의 기적에 가까웠으니 말이다.

'제압하려고 한다면 할 수야 있겠지만…….'

현우가 예전처럼 마법을 펑펑 쓴다면 모를까, 지금은 마나 자체도 제약이 있을 뿐더러 사용 가능한 마법 자체도 한정적이었다. 뿐만 아니라 마법이 있는 세상에서 칼을 휘두르는 이들이 과연 저클래스의 마법에 아무런 방비도 없을까 하는 불안감도 가지고 있었다.

사실대로 말하자면 이 모든 건 기우에 불과했고, 당장에 이 둘 발밑에 1클래스의 그리스 마법만 걸어줘도 한참을 고생할 터였다. 하지만 마법이 주류이던 세계에서 살아온 현우는 검사나 레인저는 물론이고 어쌔신이며 도둑들마저도 각자 마법에 대응할 방법을 갖고 있는 것을 매번 봐왔었다.

오히려 현우에게 있어선 그들의 마법 방비 대책을 고려하는 것이 전투의 상식이라고 할 수 있었다.

'단숨에 한 방……!'

현우의 기준으로 봤을 때 이들의 수준은 여러모로 어설펐다.

물론 그것만으로도 현대의 사람들을 나자빠지게 하는 데는 충분했고, 당장 현우도 죽을 위기에 처해있었다. 하지만 수련을 통해 강해진 사람들을 수도 없이 만나 본 칼롯 코즈너의 기준에선 그들은 충분히 약자였다.

그들의 마법적 방비가 어느 정도인지는 여전히 알 수

없지만 그들 본신의 실력이 저렇다면 다른 수준도 어느 정도 유추가 가능한 바.

현우는 혹시라도 막힐지 모르는 자잘한 마법보다는 한 방에 상황을 정리하기로 했다.

물론 실패한다면 결과는 죽음뿐일 테지만… 애당초 죽으러 나선 길 아니었던가.

만약 이런 자들 손에 죽게 된다면 현우의 능력에 비해 꽤나 억울한 죽음이 될 테지만, 최소한 느닷없이 사라져서 사람들에게 의구심을 살 일은 없을 것이라고 현우는 생각했다.

'단 한 번에 둘을 격살할 마법이어야 해.'

그리고 또한 그 마법은 강도들에게 '다음'이라는 기회를 주지 않을 마법이어야 하며, 마법의 정체를 안다고 한들 그 위력을 막아낼 수 없어야만 한다.

'그런 마법이 마침 딱 있지.'

결심이 서자, 현우의 주변으로 현우의 지배하에 있는 마나들이 형상을 이루기 시작했다.

적은 마나로 높은 효율을 내기 위한 수식에 따라 마나가 재배열되고 각 수식이 퍼즐처럼 조각조각 뭉쳐 마법을 이루기 시작했다.

이글이글-.

푸른 마나가 불꽃처럼 일렁이는 반투명한 푸른빛의 구체.

이 마법의 정체는 파이어볼이었다.

비록 아직 구체화되어 발동된 것이 아닌지라 파이어볼의 형상으로 마나가 일렁이고 있는 게 현우의 눈에 보일 뿐이었지만 그것만으로도 현우는 든든했다.

파이어볼은 3클래스 전투 마법 중 최고의 파괴력을 자랑하는 마법. 아마 그 화력이라면 이 골목을 뒤덮기에 충분하리라.

'근데… 이제 어떡하지?'

자신 있는 마법이 당장 발동 대기 상태에 들어가니 다른 생각이 떠올랐다.

살인의 대한 망설임, 징치에 대한 자격, 생명의 존엄 따위를 고민하는 건 아니었다.

겨우 그런 고민이라면 저쪽 세상에서 수백 년 전, 강대한 마법과 어린 정신력을 가지고 있을 적에 정리된 부분이었다.

그들은 범죄자일 뿐 아니라 사람의 목숨을 노리는 이들, 그 대상으로 현우를 정했을 때 이미 현우의 가치관에 있어서 죽어 마땅한 존재였다.

문제는 이들이 죽은 후에 있었다.

이전 칼롯 코즈너의 세상에선 힘 있는 자가 정의였기에, 절대적인 힘의 대명사인 대언령사인 칼롯 코즈너가 누군가를 죽였다면 자연스레 죽은 게 나쁜 놈이었다.

하지만 이곳 세상은, 그중 대한민국이라는 나라는 달랐다.

작은 크기에 비해 많은 인구를 자랑하는 나라인 대한민국은 치안에 있어서 강국이며, 유교적 사상을 바탕으로 현대에 있어서 인권을 비롯한 생명의 존엄에 대한 많은 연구를 한 나라였다.

객관적으로 보기에 죽어 마땅한 인물이라도 그가 법에 명시하는 특정 행동이나 수위를 넘지 않는다면, 재판을 통해 사형을 인도받아 사형이 되기 전까지는 그 누구도 그의 생명을 해할 수 없었다.

그런 대한민국에서, 비록 강도라곤 하나 느닷없이 사람 두 명이 죽는다?

물론 정황상 증거라든지, 그들의 범죄행위를 입증할 방법은 꽤 많이 있을 터였다.

현우의 생명을 위협했다는 것도.

하지만… 그들이 범죄를 저질렀다고 한들, 현우에게 그들을 죽일 권리가 생기는 것은 아닐 터. 이들의 시체가 발견된다면 용의자인 현우는 당장 수갑을 차고 연행될 것이었다.

이런저런 부분으로 정상참작된다고 한들, 두 명을 죽인 살인자에게 어떤 형이든 형이 내려질 것은 뻔했다.

그리고 이것은 현우가 원하는 바와는 절대로 맞지 않는 부분이었다.

여태껏 언제나 바름을 외쳐온 현우였지만 그 바름은 언제나 현우를 기준으로 하며, 그 순간순간 현우의 입장에서 상황을 보았을 때 여러 정리 끝에 나오는 결과가 현우의 바름이었다.

만약 현우에게 지금의 상황처럼 어쩔 수 없이 다른 이들의 시각에서 바름을 벗어난 행위를 해야만 하는 순간이라면 현우는 자신이 바름을 유지할 수 있는 최선의 선택을 한다는 의미였다.

그 결과.

'······잡음이 나는 상황을 피하기 위해서라면··· 역시 증거인멸이 좋겠지.'

물론 그들이 사라짐으로 인해 어딘가에선 또 다른 잡음이 생길 터.

하지만 그것은 현우에게 들이닥치는 문제가 아니었다.

현우의 바름은 언제나 그 자신을 기준으로 한다. 때문에 지극히 이기적이다. 자신에게 직접적으로 닿을 문제가 아니라면 스스로의 방식을 선택하는 데 거침이 없었다.

'그렇다면……!'

처음부터 고효율을 지향한 덕분에 여유롭게 남아있던 마나가 발동 대기 중이던 파이어볼에 덧씌워지기 시작했다.

마나는 현우의 의지에 따라 파이어볼 위로 새로운 수식을 채워갔다.

바로 이들을 '단숨에 태워 죽여' 흔적조차 남지 않도록!

'이번에 추가되는 수식은 중력 수식! 파이어볼에 중력 수식을 더해 강한 압력으로 마법이 가진 화력을 집중시킨다면 시체조차 완전히 소거시켜 버릴 수 있을 테!'

이 생각, 이 결심.

자신을 위해 다른 바람을 꺾어내는 이 이기적인 바람!

어린 시절 트라우마로부터 시작되어 무작정 머릿속에 주입되어져 왔던, 오직 책 속의 문장과 그저 어린아이 혼자만의 생각으로 완성되어진 바람.

책에선 예시로 들어주지 않던 현실적인 문제와 부딪쳐 가며 깎이고 뭉개져버린, 비뚤어진 김현우식의 바람.

'완성……이다!'

누군가의 바람이 인정받기 위해선 그 이전에 자리를 차지하고 있던 다른 누군가의 바람을 꺾는 것은 필연적인 것이다.

이 세상 모든 것은 그런 충돌의 결과이고 그중 가장 강한 바람이 살아남는 것은 운명일 수밖에 없었다.

그것은 단순히 현우에게만 적용되는 것이 아닌 세상 공통의 진리였다.

하지만.

현우는 그런 것에 있어서 극단적인 부분이 있었다.

책을 통해 주입된 바람을 맹목적으로 맹신하면서도 자신의 상황이 책의 내용과 반대하거나 완전히 부합되지 않으면, 자신을 위해 그 생각을 주물러 자신만의 바람으로 만들어 냈다.

그 결과 현우의 이기적인 바람은 다른 이들이 생각하는, 인간이기에 생각하는 스스로를 위한 이기적인 바람을 훨씬 벗어난, 기준 없는 바람이었다.

그리고 이것이야 말로 '대한민국의 고등학생 김현우'가 가진, 그를 싫어하는 이들이 공통적으로 생각하는 가장 큰 문제점이었다.

"야! 적당히 빨리 끝내고 여기 좀 도와줘!"

"흐흐… 들었어, 아저씨? 그러게 집에는 일찍일찍이 들어가셨어야지."

조금 떨어진 곳에서 자판기를 들쑤시던 남자가 현우와

대치해 있던 칼을 든 남자를 재촉하자 칼을 든 남자가 눈을 번쩍이며 현우에게 다가섰다.

'단숨에……! 나에게도 두 번째는 없다!'

따—악!

조용한 밤거리에 경쾌하고 맑은, 손가락의 마찰음이 울려 퍼졌다.

소리를 들은 두 남자의 시선이 소리의 근원, 현우의 손으로 향했다.

"헤비… 파이어볼."

"엉……? 뭐야."

"어……?"

푸화화확!!

단발마의 비명도, 살려달라는 애원 한 마디도 없었다.

아니, 그들은 비명도, 애원도 할 수가 없었다.

마치 그들의 몸에서 뿜어져 나온 것처럼 그들을 감싼 불꽃은 입은 물론 목도, 폐도, 뇌조차도 단숨에 태워버렸기에.

"……."

한순간 골목을 가득 메운 시뻘건 불꽃이 사라진 자리, 그곳에는 출렁이는 불꽃도, 칼을 든 남자도, 자판기를 들쑤시던 남자도.

그 어떤 것도 남아있지 않았다.

남은 것이라곤 원래의 형상을 알 수 없는, 허공에 휘날리는 잿가루와 주변을 메운 매캐한 냄새뿐이었다.

그런… 불꽃에 산소가 타들어가던 소리조차 없어진 골목의 정적을 깬 것은 이 모습을 바라보고 있던 현우였다.

"쿨럭!"

풀썩!

거친 기침과 함께 자리에 주저앉은 현우는 긴장이 풀린 모습으로 다시 골목을 바라봤다.

이 세상에 조금 전까지 현우를 위협하던 악당들은 더이상 흔적조차 남아있지 않았다.

그들이 서있던 곳에 남은 것이라곤 조금 짙은 그을림뿐.

완벽한 살인멸구, 증거 인멸이었다.

"후욱… 후욱… 조금 무리를 했군."

애당초 파이어볼은 현재 현우가 가진 마나 지배력에서 사용할 수 있는 최대의 마법이었다.

3클래스의 전투용 마법인 만큼 그것만으로도 골목을 초토화시키고도 남았을 터였다.

하지만 현우는 그렇게 되는 것을 원치 않았다.

흔적을 남겨서 곤란해지는 것은 현우일 뿐이었으니.

그래서 현우는 자신의 능력이 허용하는 내에서 최대의

운용력을 발휘해 지면에는 파괴의 힘이 닿지 않도록 그 위력을 미세하게 조절했다.

하지만 그것만으론 부족했다.

인간의 몸은 많은 것으로 이루어진 만큼, 불타 없어지는 데 많은 시간이 필요하고 많은 부산물이 남을 수밖에 없었다.

현우는 이 두 가지도 원치 않았다.

그래서 살아있는 인간을 단숨에 소거시키기 위한 화력을 만들기 위해 마법에 특별한 압력을 추가하는 수식을 더했다.

비록 기존의 마법을 세심하게 다듬고 수식을 하나 추가하는 단순한 변형이었지만 그것은 명백한 마법의 변형.

오랜 세월 수정되어 가장 최적화되고 가장 효율적임이 증명된 파이어볼의 마법 수식을 강제로 풀어헤쳐서 훨씬 비효율적이 되더라도 그 효과를 상황에 맞게 만들어낸 대가는 꽤 컸다.

"쿨럭! 쿨럭……! 크후으… 이만하니 다행인 건가……?"

현우는 기침이 나오는 입을 가렸던 손을 펼쳐 그곳에 잔뜩 묻어난 핏물을 보며 중얼거렸다.

조금 전 마법의 발동은 현재 현우가 사용 가능한 마나

의 범위를 우습게 벗어나는 무리한 마나운용이었다.

하지만 현우는 그런 마법을 발동시켜야만 했고 발동시키고야 말았다.

그렇다면 현우의 능력을 벗어난 마나는 어디서 온 것일까.

'수명…이 깎인 걸까? 아니면 장기 어딘가에 손상이 온건지도 모르겠군……'

마법이란 건 세상 만물, 대기 중에 존재하는 마나를 수식이라는 거푸집으로 찍어내 구체화시키는 것이었다.

이는 마치 말 그대로 거푸집에 쇳물을 부어 주조하는 것과 같은 원리인지라, 거푸집에 넣을 마나가 모자라다면 완성품은 나오지 않았다.

혹여 나오더라도 불완전한 미완성품이 나올 수밖에 없었다.

그리고 조금 전 현우의 마법은 거푸집에 들어갈 쇳물이 부족했던 상황.

현우는 이 위기를 헤쳐 나갈 방법으로 다른 곳에서 꿔옴으로써 '대체'하는 것을 선택했다.

하지만 세상을 구성 중인 마나는 쇳물과 달리 옆집 대장장이에게 빌려오고 나중에 갚는 게 불가능했다.

만약 한 조각을 떼어 자신의 거푸집에 넣어버렸다면 빌

림과 동시에 갚아야만 떼어온 곳의 균형이 유지되어 문제가 생기지 않는다.

그래서 현우는 자신이 빌려와 공백이 생겨버린 곳에 다시 새로운 마나를 채워 넣었다.

현우가 마나 수련을 통해 지배하게 된 마나 외에, 완전히 자신에게 종속되어 있는 마나의 덩어리인, 바로 자기 자신을 말이다.

자신의 몸, 내지는 수명을 유지하는 마나 중 일부를 분해해서 공백이 생겨난 구성물에 도로 채워 넣는 이 방식은 대단히 위험한 방법인 탓에 정통 마법사들에게 있어 배척받는 마나 운용법이었다.

하지만 이 마법은 높은 리스크에 어울리는 매력적일 만큼 큰 힘을 주었기에 수많은 마법사들에 의해 연구되어 왔고, 그 명맥은 계속 이어져 사실상 대부분의 마법사들은 최후의 한 수로 세크리파이스 마법을 하나씩은 가지고 있었다.

자신을 마나로 치환하여 본래 능력 이상의 힘을 끌어내는 이 마법은 말 그대로 마법사 본인의 모든 것을 통째로 갈아 넣는 만큼 그 위력은 상상을 초월하지만, 마법을 발동하면 죽게 된다는 크나큰 단점이 있었다.

그렇기에 앞서 말한 바처럼 보통 마법사들에게 있어서

최후의 한 수라고 익히 알려져 있었다.

그리고 물론, 이는 말 그대로 평범한 마법사들의 이야기였다.

그들은 자신을 마나로 치환할 줄 알지만, 이를 되돌리거나 중간에 멈추는 법은 알지 못하고 그런 능력이 없기 때문에 죽는 것이었다.

평범한 마법사, 평범한 언령사의 타이틀을 한참이나 뛰어넘어 마법의 종주 드래곤을 상대로 마법 대결을 펼치던 칼롯 코즈너라는 인물에겐 이를 조절할 만한 능력이 있는 게 당연지사.

현우는 조금 전 그 능력으로 현재 능력을 넘어선 마법을 실현시킨 것이었다.

'칼롯 코즈너일 때 자주 써먹은 보람이 있군…. 어찌됐든 살아남았으니.'

마나 치환의 원리과 구조를 잘 알고, 실제 사용 경험도 풍부하다곤 하지만 지금 현우의 수준은 칼롯 코즈너에 한참 못 미쳤다. 덕분에 마나로 치환된 자신을 원래대로 회수할 수도 없었고 예정보다 많은 손해를 보고야 말았다.

그래도 현우는 이쯤에서 만족하기로 했다.

어차피 지금의 몸이야 곧 죽을 목숨이라 생각하는 탓도 있고 일단 이런 곳에서 죽지만 않으면, 아직 방법은 고민하고 있지만, 목적했던 쥐도 새도 모르게 죽는 건 얼마든지 가능하리라 생각했기 때문이었다.

'그치만……'

"이건… 후유증이 꽤… 크군……."

소모된 마나는 특정 신체 부위나 생명력을 소모하기 때문에, 신체의 일부에 극심한 고통을 느끼거나 말로 표현할 수 없는 박탈감을 느낄 것이었다. 하지만 워낙에 몸이 약해진 탓인지 현우의 몸은 전신이 고통에 몸부림치는 중이었다.

"일단은… 돌아가자."

이런 몸 상태론 앞으로 소모한 마나가 돌아온다 하더라도 최대로 운용하지 못할 게 뻔했다.

또한 힘들답시고 이런 곳에 쓰러져 있는 것 역시 현우의 이기적인 바람에 어긋나는 부분이었다.

괜히 이런 곳에 쓰러져 있다가 누군가에게 민폐가 될지도 모르는 일이었으니 말이다.

지이이이익- 지이이이익-.

본래도 힘없는 걸음걸이긴 했지만, 처음보다도 훨씬 힘없는 걸음으로 집으로 향했다.

당차게 문을 열고 나온 참이라 이제 와 돌아가자니 뻘쭘한 게 사실이었지만, 애당초 집에서 현우의 행동에 관심을 갖는 사람은 아무도 없었다.

그러니 아무 일도 없으리라.

이대로 집에 들어가 조금 쉬고 고통이 잦아 들 즈음에
는… 다시 나와 죽음을 향해 갈 수 있으리라.

지금까지 가장 죽음에 가까웠던 순간을 벗어나며, 살기
위해 걸음을 옮기던 현우는… 그렇게 생각했다.

                    *   *   *

강도도, 현우도 사라진 골목.

그 골목길의 자판기를 운영하던 작은 슈퍼의 문 너머에
서 작은 소리가 들렸다.

털썩.

문 뒤편에서 작은 소리를 내며 주저앉은 이의 정체는
바로 그 슈퍼 주인의 딸.

작은 체구의 그녀는 문 뒤에 주저앉아 벌벌 떨면서 계
산대 옆에 놓인 전화기에 천천히 손을 가져다 댔다.

하지만.

그녀는 끝끝내 그 수화기를 들지 못했다.

'과연… 누가 이걸 믿어줄까?'

그도 그럴 것이 방금 그녀가 본 것은 너무나도 놀랍고

도 신비해, 보통 사람이라면 소설이나 게임 이야기라고 생각하기에 부족함이 없었기 때문이다.

혹여 구체적인 설명과 자세한 묘사로 흥미를 당겨 누군가를 조금 전 일어난 일의 진실에 끌어당겼다 한들, 그녀에겐 이 일을 입증할 증거가 없었다.

목격자는 있지만 죽은 사람은 흔적조차 남지 않았고⋯ 살해자에게는 두려움에 함부로 가까이 갈 수가 없었으니 말이다.

바들바들.

'이⋯ 이럴 줄 알았으면 고집부리지 않는 건데⋯⋯.'

그녀는 이곳에 혼자 있던 게 너무나도 후회되었다.

그녀를 새벽에 이곳에 혼자 있게 만든 오빠들도, 심지어 병상에 있는 엄마, 아빠도 모두 미웠다.

'푸화화화확!'

파르르르―.

"⋯⋯무서워."

다시 한 번 머릿속을 스쳐 지나가는 그 순간의 모습이 그녀의 몸을 파르르 떨게 만들었다.

요즘 근처에서 좀도둑이 기승을 부린다는 말에 얼마 전부터 오빠들과 번갈아가며 가게의 새벽을 지키던 그녀였다.

얼마 전 그녀의 아버지가 허리를 다쳐서 병원에 입원하

섰고, 어머니는 그런 아버지를 병간호하며 홀로 이 슈퍼를 운영하다가 과로로 몸져누운 탓에 집안에 수입이 없어져 급격히 가세가 기울기 시작했다.

덕분에 대학생이던 그녀의 오빠들은 번갈아가며 슈퍼를 맡고, 생활비와 각자의 학비를 마련하기 위해 아르바이트를 시작했다.

그야말로 몸이 두 개라도 모자랄 정도로 움직이는 그녀의 오빠들을 위해 고등학생인 그녀가 직접 나섰다.

대학생에 비해 어린 데다 학교의 수업시간도 긴 그녀로선 아르바이트도, 낮에 슈퍼의 계산을 돕는 일도 할 수 없었다. 하지만 오는지 안 오는지도 모를 좀도둑을 기다리다가 만약 나타나면 재빨리 경찰에 신고하는 정도는 얼마든지 할 수 있다고 자신했다. 반대하는 오빠들을 오히려 만류하며 끝끝내 그녀의 오빠들과 번갈아 가며 슈퍼에서 새벽을 보내게 되었다.

그러길 며칠.

우려와 달리 도둑은 나타나지 않았다.

설령 도둑이 나타난 대도 언제나 문 앞 계산대에 앉아 밤을 새우는 그녀는 신고할 준비가 철저히 되어있었다.

하지만… 오늘은 그렇지 못했다.

매번 머릿속으로 구상하던 '도둑이 나타나면 해야 할

알'에 대한 시뮬레이션과는 동떨어진 행동을 해버렸다.

늦은 새벽, 자리에 앉아 꾸벅꾸벅 잠을 청하던 그녀는 문 밖에서 들리는 달그락 소리에 눈을 떴다.

그리고 불투명한 유리문 너머로 자판기 앞을 서성이는 그림자를 확인했다.

그래서 안심했었다.

아무리 늦은 시간이지만 자판기를 찾는 동네 사람들은 얼마든지 있을 수 있었으니 말이다.

하지만… 아무리 시간이 지나도 그 그림자는 지워지질 않았다.

뿐만 아니라 간간히 들려오는 그들의 말소리와 덜그럭거리는 자판기의 신음소리는 그녀로 하여금 그들의 정체를 확인하게 만들었다.

불투명한 유리문이었지만 싸구려 소재로 코팅이 된 이 유리문은 그녀가 시야를 확보하고도 남을 만한 구멍이 여기저기 나있었다.

그런 유리문에 얼굴을 갖다 댄 그녀는 볼 수 있었다.

건장한 남자 하나가 가게 앞에 선 자판기를 알 수 없는 막대기로 쑤시고 있는 모습을.

그리고 조금 떨어진 곳에 자판기 앞에 남자와 동료로 추정되는 남자가 칼을 들고 행인을 위협하는 모습을 말이다.

그녀는 그 모습을 보자마자 빨리 경찰에 신고해야겠다고 생각했다.

최근 좀도둑이 기승을 부리면서 경찰들도 신고 전화에 촉각을 곤두세우고 있었기에 좀도둑이 들 법한 곳으로 유력하던 이곳 슈퍼라면 순식간에 도착할 수 있을 터였다.

그리고… 행인에 대해서는 크게 걱정하지 않기로 했다.

그도 그럴 것이 이 근방에 유행한다는 좀도둑이 사람을 해쳤다는 소리는 들어본 적이 없었다.

그들은 좀도둑답게 이런저런 가게에 들어가 현금과 자질구레한 물품을 훔칠 뿐, 설령 목격자가 튀어나온대도 사람을 해치는 경우는 없었다.

그렇기에 그녀 역시 이 새벽 경비를 자청할 수 있었던 것이다.

하지만 그런 생각도 잠시.

그녀의 눈에 칼을 든 남자가 행인을 향해 거침없이 칼을 휘두르는 것이 보였다.

그 기세가 얼마나 흉험한지, 멀리서 바라보는 그녀에게조차 칼에 살기가 가득한 게 보일 지경이었다.

그 모습을 본 그녀는 자신도 모르게 '헉!' 하고 큰 소리를 내고 말았다.

아니, 큰 소리라기보다는 평소라면 그 누구도 쉽게 못

들었을 법한 작은 소리였지만, 바로 코앞의 자판기에서 무언가 작업에 열중하던 남자에게는 충분히 들릴 법한 소리였다.

그녀의 짧은 경호성이 울리자, 남자는 작업하던 막대기에서 손을 떼고 슈퍼의 문을 힐끗 쳐다봤다.

그녀의 소리를 들었다는 것인지 못 들었다는 것인지, 그것만으로는 알 수 없었지만 그녀는 남자가 자신이 낸 소리를 들었음을 확신했다.

남자가 작게 고개 돌린 그 행동 너머, 번뜩이는 안광을 보았기 때문이었다.

이후 남자는 마치 그녀가 낸 소리를 못 들었다는 듯 다시 자판기 작업에 열중했지만, 그녀는 그 자리에 못 박힌 듯 움직일 수가 없었다.

그들의 모습을 확인하기 위해 문에 밀착한 그녀가 몸을 움직인다면, 분명 그녀의 발소리가 천둥처럼 울려 퍼질 테니 말이다.

그래서 그녀는 기도했다.

너무도 염치없는 생각이지만, 지금 저들과 대치하고 있는 행인이 이대로 여길 벗어나서 경찰에 대신 신고해주기를.

지금 당장 생명의 위협을 받고 있는 그가 이곳을 벗어

나 자신을 돕기를 바라며, 이기적인 생각으로 간절히 기도했다.

그리고 이때.

두려움에 눈조차 돌리지 못한 채, 멈춰 선 자세로 있던 그녀의 기도에 하늘이 응답이라도 한 듯.

그녀 앞에 기적이 일어났다.

순간적으로 골목을 환하게 바꾸는 새빨간 불길은 발화점이 어디인지도 알 수 없을 만큼 순식간에 번져 나왔다.

그리고 눈 깜짝한 사이에… 그녀의 눈앞에 보이던 도둑들을 '지워버렸다'.

만약 그게 불꽃이 아니라, 환한 빛무리가 하늘에서 내려온 것이었다면 그녀는 그들이 외계인에게 납치되었다고 믿었을지도 몰랐다.

하지만.

그녀는 찰나의 순간 똑똑히 보고야 말았다.

순식간에 불타 없어져 가는 사람과.

형체만 간신히 남은 새빨간 인간 형상이 고개를 돌려 문 너머에 있는 그녀와 눈을 맞추려 하던 모습을 말이다.

그 기괴하고도 공포스러운 모습에 그녀는 다시 한 번 몸을 움직일 수가 없었다.

아니, 그런 것보다도 혹여나 자신이 여기 있다는 게 알려진다면, 똑같은 꼴을 당할까 봐 그녀는 움직일 수가 없었다.

비록 불꽃의 정체조차 알 수 없었지만, 지금은 주저앉아 있는 저 사람이 무엇인가 했음을… 그녀는 직감적으로 느끼고 있었으니 말이다.

그리고 그런 힘이 있다면 그녀도 똑같은 꼴을 당하지 않으리란 보장이 없었기에.

그녀는 처음과 같은 모습으로 그 자리에 엉거주춤 서서 멍하니 행인의 모습을 바라봤다.

그러다 문득.

행인의 모습이 꽤나 낯익다는 느낌을 받았다.

정확히 누구라곤 떠올릴 수 없었지만… 저 비쩍 마른 몰골과 덥수룩한 머리, 그리고 멀대처럼 기다란 체격은 누군가를 떠올릴 수 있게 했다.

마침내 그녀가 행인의 정체를 확신하고 확대된 동공으로 행인의 정체를 뒤쫓을 때.

행인은 '지이익' 하는 소리를 내며 슈퍼에서 멀어져갔다.

그 뒷모습에 문 뒤에 선 그녀의 입이 달싹였다.

하지만 끝끝내 그녀의 입에서 목소리가 나오는 일은 없었다.

그런 그녀의 몸이 움직이기 시작한 건 행인의 모습이
골목에서 완전히 사라진 다음의 일이었다.

*　　　　*　　　　*

같은 시각, 현우가 사라진 골목의 반대쪽 모퉁이.

그곳엔 숨죽여 울고 있는 소녀가 있었다.

그녀의 이름은 김예린.

현우가 집을 나서기 얼마 전 친구를 만나기 위해 집을
나섰던 현우의 여동생이었다.

현우 앞에서를 제외하곤 언제나, 누구에게나 밝은 모습
으로 미소 짓던 그녀가 벽에 몸을 바짝 기댄 채 팔다리를
가슴께로 모아 잔뜩 웅크리고 눈물을 흘리는 모습은 안쓰
러움을 자아내기에 충분했다.

하지만 이곳엔 그런 그녀를 위로해줄 사람은 아무도 없
었고, 그녀 역시도 지금 이 순간만큼은 누군가에게 이해를
바라며 사연을 말하고 싶지는 않았다.

그저 머릿속에 떠오르는 한 장면을 기억에서 잊고자 눈
물에 담아 최대한 덜어낼 뿐.

"흐으윽……! 끄으윽."

하지만 정신없이 울면 흘려낼 수 있을 거라 생각했던

그것은 눈물을 팔뚝에 문질러 닦는 그 짧은 방심을 틈타, 다시 그녀의 머릿속을 지배하며 몸을 떨게 만들었다.

그런 그녀의 머릿속엔 현우의 뒷모습이 선명하게 남아 있었다.

그녀가 현우를 따라온 것은 특별한 이유가 있어서는 아니었다.

그저 친구들과의 약속을 마치고 헤어질 때쯤 우연히 발견한 현우의 뒷모습을 보고 그저 아주 약간의 호기심이 생겼을 뿐이었다.

거리가 꽤 떨어져 있던 탓에 처음엔 긴가민가했던 그녀였지만 당장에 걷는 것도 힘겨워 보이는 몸 하며, 현우의 정면으로 걸어오던 사람들이 조금씩 그를 피해 걷는 것을 보며 현우임을 확신했다.

그리고 그간 그토록 윽박지르고 때려도 방 밖으로 잘 나오지도 않던 현우가 느닷없이 길거리에 나타난 것에 신기해하며 별생각 없이 미행 아닌 미행을 했던 것이다.

그런데.

이런 상황이 벌어질 것이라곤… 그녀는 상상도 하지 못했다.

처음 현우가 강도들과 마주했을 땐 그들이 강도일 거라

곤 생각도 하지 못했다. 그래서 별생각 없이 걸음을 옮겼고, 마침 그녀가 어둠에서 벗어나 가로등의 불빛 밑으로 들어가려던 순간 일은 시작되었다.

갑자기 튀어나온 칼날이 현우의 주변을 스쳐 지나가기 시작하자 그녀는 숨이 턱턱 막히는 기분이었다.

칼의 종착역은 현우의 주변이었지만 새하얗게 빛나는 칼날이 허공을 가를 때마다 그녀는 그 자리에 자신이 있는 것처럼 몸을 움찔움찔 떨어야만 했다.

살의를 가진 칼날이란 것은 사람의 원초적 공포심을 자극하는 힘이 있었다.

그녀는 조심스레 현우에게도, 강도들에게도 들키지 않도록 어둠에 몸을 감추고 옆으로 난 다른 골목 모퉁이로 몸을 숨겼다.

당장에라도 경찰에 전화해야 한다는 생각이 들었지만 그녀는 손에 쥔 핸드폰의 화면을 밝힐 용기가 없었다.

혹시라도 강도들이 그 불빛을 보기라도 할까 봐, 혹은 전화를 하는 그녀의 목소리가 그들에게 들리기라도 할까 봐 너무나도 겁이 났다.

그래서 그녀는 자신의 행동을 당연한 행동으로 합리화하기로 했다.

비록 신고하는 것뿐이라곤 하지만 지금 그녀에게 있어

선 목숨을 걸어야 하는 일이라며, 그녀에게 있어서 김현우는 그녀의 소중한 목숨을 걸어야 할 만한 가치가 없는 인물이라며, 그녀 자신을 위한 자신의 이기적 바람에 의지하여 필사의 변명을 해댔다.

벌벌 떨리는 다리론 도망친대도 잡혀버릴 테니까, 현우가 죽는다고 해도 슬퍼할 사람은 없을 테니까, 이런 위험한 상황에서 뛰어가며 신고 같은 걸 할 수 있을 리가 없으니까.

수많은 변명거리가 순식간에 머릿속을 스쳐 지나갔다.

이때였다.

"야! 적당히 빨리 끝내고 여기 좀 도와줘!"

악당의 목소리라곤 생각하기 힘든, 평범한 목소리가 조금 크게 골목에 울려 퍼졌다.

김예린, 그녀는 그 목소리를 통해 아직 현우가 죽지 않았으며, 어떻게든 버티고 있다는 것을 확인할 수 있었다.

하지만 여전히 그녀에게 신고를 할 만한 용기는 생겨나지 않았다.

그저 울 것 같은 얼굴로, 걱정인지 격정인지 모를 감정이 어린 눈빛으로 골목에 빠끔 고개를 내밀어 현우의 마지막 모습을 확인하고자 한 게 그녀의 전력을 다한 최후의 용기였다.

그 순간.

파화화화확!

그녀가 바라본 골목이 한순간 밝게 달아올랐다.

너무도 밝은 빛에 어둠에 적응해 있던 그녀의 눈가가 확 찌푸려졌지만 목숨과 직결된 상황은 골목의 상황을 확인하는 데 필사적이게 만들었다.

그녀의 본능 덕분에 그녀는 의도치 않게 두 눈으로 똑똑히 볼 수 있었다.

골목을 가득 메운 넘실거리는 불꽃과 그 안쪽에서 타들어가는 새카만 무언가를.

그리고 그 무언가가 본래의 형태를 잃고 순식간에 무너져 내리며 자리에서 사라져버리는 것을.

그녀는 똑똑히 볼 수 있었다.

그녀의 고개가 단숨에 젖혀지며 순식간에 골목의 어둠 속으로 다시 녹아들었고 그녀는 파르르 떨리는 손으로 더듬더듬 핸드폰의 액정을 만지작거렸다.

파앗.

밝은 핸드폰의 액정 불빛이 골목을 비췄지만 그녀는 개의치 않았다.

조금 전 본 너무도 충격적인 장면에 이성이 마비되어 자신이 무슨 일을 하고 있는지조차 의식하지 못했기 때문이었다.

어렵게, 어렵게 112를 눌러가는 그녀의 이성을 찾아준 것은 핸드폰 액정 탓에 평소의 하얀색보다 훨씬 창백하게 보이는 그녀의 손이었다.

밝은 핸드폰 액정 화면 위로 잔상이 남을 만큼 바들바들 떠는 그녀의 손가락은 그녀 스스로 자신이 정상적인 상태가 아님을 알게 하는 척도가 되어주었다.

그뿐만이 아니었다.

지이익-.

"헉!"

그녀의 등 뒤, 골목 너머로 들리는 신발 끄는 소리는 단숨에 핸드폰 화면을 슬립 모드로 바꾸게 하기에 충분했다.

그렇게 신발 끄는 소리가 가까워 오기 시작했다. 혹여나 그녀의 흰자위가 어둠 속에서 눈에 띄지는 않을까, 그녀는 눈조차 꼭 감아버렸다.

곧 이어 그녀의 창백한 손이 조금 전 소리를 냈던 그녀의 입을 강하게 틀어막았다.

한 줌 숨소리조차 밖으로 새어나가지 않게, 그녀는 입을 틀어막곤 숨조차 참고 있었다. 그러길 몇 분여, 어느 순간부턴가 더 이상 소리가 나지 않게 되었다.

하지만 그녀는 그 자리, 그 자세에서 조금도 움직이지

않고 벽에 기대어서 있었다.

그리고 마침내 그녀의 숨이 다했을 무렵, 입을 틀어막은 그녀의 손이 조심스럽게 얼굴에서 떨어져 나왔다. 긴장에 바싹 마른 입술 사이로 조그만 숨소리가 가늘고 길게 이어졌다.

숨소리는 점차 물기에 녹아들어 울음이 되었다.

"흑……! 흐윽 흑흑……."

짧은 시간이었지만 너무도 무서운 일들을 목격한 그녀의 몸과 마음은 그녀가 수용할 수 있는 공포의 한계를 넘어선 지 오래였다.

여태 울음을 참고 있던 것만도 용하다면 용한 일이었다.

울음소리가 어느 정도 울려 퍼졌음에도 주변에 아무런 인기척이 없자, 온몸을 감싸 안는 크나큰 안도감에 그녀의 목소리가 조금은 커졌다.

"흐아앙……! 흐어어엉! 끄윽 끄윽!"

물론… 혹시 돌아간 그가 듣고 찾아오지 않을 정도로만 말이다.

그렇게 그녀는 그렇게 자리에 주저앉아 한참을 울었다.

다리 사이의 축축함이 불편하지 않을 때까지.

그녀는 숨죽여 울었다.

　　　　＊　　　　＊　　　　＊

　현우가 골목을 떠난 시각.

　경기도 인근의 모처에서는…….

　"……저 조장님?"

　"무슨 일이 있나?"

　조금 침침해 보이는 어두운 색의 로브를 입은 연구원의 부름에 그들을 총괄하던 조장이라 불린 자가 반문했다.

　평소에야 그와 연구원들의 실력 차이 때문에 여러 질문을 받고는 했지만 오늘 그가 그들에게 맡겨둔 일은 딱히 마법 실력을 필요로 하는 일도 아니었을 뿐 아니라, 그저 성공 실패에 대해서만 보고하면 되는 일이었다.

　비록 일을 진행할 요원이 부족하여 민간 업자를 속여 일을 시켜놓긴 했지만, 그들도 나름 분야의 프로인 바 딱히 어렵지도 않은 일을 실패할 리가 없는 일이었기에 그의 반문은 꽤나 당연했다.

　"그게……."

　"설마… 실패한 것은 아닐 테지?"

　말을 흐리는 연구원의 모습에 가장 최악의 경우를 떠올린 조장은 그의 배후이자 상사인 한 남자의 모습을 떠올리며 식은땀을 주르륵 흘렸다.

언령의 주인

이번 일의 성공을 호언장담했던 만큼, 만약 일에 실패했다면 그에게 내려질 처벌이 무엇인지 짐작조차 하기 힘들었다.

그의 상사는 상벌에 있어 철저한 사람이었으니 말이다.

"제길! 민간에서 힘깨나 쓴다는 녀석들이 겨우 그런 일을 실패했다니! 실패 원인은?! 설마 경찰한테 붙잡혔나?"

"아니, 아닙니다, 조장님……! 그게… 사실……."

"뭐야! 그게 아니면 뭔데! 빨리 말해봐!"

이미 실패를 떠올리고 있던 탓인지 연구원의 아니라는 말에 한결 마음이 편해지긴 했지만 여전히 불안해하는 연구원의 모습을 보면서 조장의 얼굴은 여전히 펴질 줄을 몰랐다.

"그… 자세한 건 이 보고서를 보시는 게……."

홱!

"……."

말이 끝나기 무섭게 연구원의 손에 들려있던 서류철을 빼앗아 든 조장의 눈이 데굴데굴 움직이며 서류의 내용을 훑어 나갔다.

그리고 이내… 조장도 연구원과 같은 표정을 짓게 되었다.

"이건… 확실히 이상하군."

"그렇습니다. 본래 저희가 계획한 대로라면 이보다 조금 더 많거나… 혹은 예정된 수치에 정확히 맞게 나타나야 했습니다만……."

"그래… 이건 압도적으로 많군."

서류철에는 기존에 그들이 기획했던 예상도의 수치와는 현저한 차이를 보이는 그래프가 그려져 있었다.

"그들에게 쥐어준 아티팩트는 고작해야 1클래스 일반 마법 수준의 마나 정도가 포함되어 있었을 뿐이고, 저희가 지정해둔 자판기 역시 그 정도 수준의 마나가 있다는 걸 분명히 확인했었습니다. 만약 계획대로 저희가 보낸 아티팩트와의 상호작용으로 주변 마나가 증가했다면 이렇게 압도적인 차이가 나올 수 없습니다."

"알고 있다. 여태껏 다른 지역에선 본 적 없던 일이니……."

그들은 모종의 이유로 지역 이곳저곳을 돌며 각지에 설치된, 구형 마법 보안 장치가 장착된 자판기의 기능을 일부 변경하는 작업을 하고 있었다.

그리고 이 일은 사전의 철저한 시뮬레이션을 통해 수차례 검증을 해왔고 단 한 번도 실패한 적이 없는 일이었기에 꽤나 안심하고 있었다.

물론 시간적으로 수세에 몰려있던 만큼 급하게 민간인

을 보낸 탓에 일말의 불안감은 있었다. 하지만 그들에게 쥐여 보낸 아티팩트는 기존에 사용되던 것보다 훨씬 개량된 것으로, 돈을 받은 민간업자들이 느닷없이 배신을 하지 않는 이상 실패할 리가 없는 일이었다.

하지만… 그 수많은 시뮬레이션과 실전 상황에서도 단연코 이런 일은 한 번도 없었다.

심지어 실패를 가정했을 때에도 이런 경우는 존재치 않았다.

게다가 그들의 상식선에선 불가능한 일이기도 했다.

"…그 구역 자판기가 업그레이드됐을 가능성은 없나?"

"전혀 없습니다. 자판기 업체 쪽을 해킹해서 언제나 예의주시하고 있지만 해당 업체는 사실상 도산 직전이기 때문에 현재 시중에 나와 있는 자판기에 대해 사후관리가 거의 되지 않는 중이고, 업그레이드를 지원할 만한 능력도 없는 걸 확인했습니다."

"그래… 확실히 그랬지. 자판기 기종 자체가 바뀌었다면 보고되지 않았을 리 없을 테니 그것도 아닐 터……."

"그렇습니다."

"……."

연구원의 대답을 끝으로 한참 말이 없던 조장은 서류를 내려다보며 인상을 찌푸리다가 이내 결심이 섰다는 듯 고개를 들었다.

"이건… 보고할 수밖에 없군…. 어쩔 수 없겠어."

애당초 연구원들은 물론이고 조장인 그조차도 예상치 못했던 변수였다.

그러니 그들이 아무리 이 문제를 두고 머리를 싸맨다고 한들 원인은커녕 해결 방안조차 찾을 수 없을 게 뻔했다.

이런 것은 그보다 훨씬 실력이 뛰어난 확실한 상급자에게 물어보는 게 좋았다.

설령 상사에게 크게 깨지는 한이 있더라도 말이다.

'물론 크게 깨지는 게 정신적인 부분이 아니라 육체적인 부분이 될 수도 있지만…….'

결국 그는 서류를 들고 연구실 구석에 난 작은 마법진 위에 섰다.

고작해야 사람 발 두 짝이 들어가는 게 최선일 법한 마법진에 구둣발을 조심스레 올리고 바로 옆 인공으로 제작된 마나 저장기의 스위치를 지그시 눌렀다.

꾸욱.

"텔레포트."

이내 그의 모습이 빛 무리에 싸여 사라졌다.

5.
그로 인해

늦은 아침.

현우는 느긋하게 잠에서 깨어났다.

마나 지배력이 고갈되다 못해 본신까지 깎아 먹었던 일이 있은 지 3일째 된 날이었지만, 어째선지 그 전보다 훨씬 활기차 보였고 그때보다 훨씬 몸이 불어난 모습이었다.

그도 그럴 것이 진신(眞身)을 일부 소모한 현우는 집에 돌아와 극심한 허기를 느꼈고, 3일간 말 그대로 먹고 자기만 하며 체력을 회복했기 때문이었다.

다만 회복된 건 체력뿐인 탓에, 깎여나간 생명력이 돌아온 것은 아니었다. 하지만 어쨌거나 많은 식사를 한 덕분인지 그때에 비해 전체적으로 보기 좋아진 모습이었다.

물론 그전의 모습이 워낙 인간 같지 않을 만큼 처참했기에 큰 변화로 느껴진 것이었지, 사실 현우의 체중 같은 것은 크게 변한 바가 없었다.

'으음······! 정말 푹 쉰 것 같군.'

마나 지배력을 극한으로 소모한 것은 그야 말로 수백 년 만의 일이었기에 현우는 극심한 피로감과 허기를 느꼈다. 덕분인지 그간의 귀향(?)에 대한 고민조차 잊고 먹고 자는 데 몰두해, 얼굴에 덮여져 있던 그림자가 조금 걷힌 느낌이었다.

물론 그렇다고 해서 현우가 돌아갈 방법에 대해 생각을 그만뒀다는 것은 아니었지만 말이다.

"마나 지배력을 극단적으로 소모한 탓인지 마나 지배력이 꽤나 상승했군."

전화위복이라고 해야 할까? 현재 현우의 마나 수치는 3클래스를 넘어서 4클래스를 바라보는 수준에 이르렀다.

본래부터 성장 속도가 압도적으로 빠르기는 했지만 각 클래스는 이전 클래스까지의 모든 마나를 합한 것의 몇 배가 되는 마나를 필요로 하는 만큼 본래의 속도로 모았다고 해도 3일 만에 클래스 하나를 뛰어넘는 성과는 불가능했을 것이다.

언령의 주인

'단순히 마나 지배력을 소모한 것보다도 본신을 깎아 낸 영향이 더 큰 것 같긴 하지만……'

생명의 위기를 자신의 생명을 깎아내 벗어난 것을 계기로 위기감을 느낀 현우의 본능이 마나를 많이 끌어모은 듯싶었다.

본래 칼롯 코즈너라면 자신의 본능을 자신의 의식이 지배하지 못했다는 데에 꽤나 불쾌해했을 테지만, 다다익선이라고 한줌의 마나도 아쉬운 지금 현우의 입장에선 그다지 불쾌할 이유가 없었다.

그리고 현우 본인은 여전히 인지하지 못하지만 이 또한 현우가 칼롯 코즈너와는 다른 사람임을 입증하는 증거이기도 했다.

"음… 오늘은… 학교에 가 볼까?"

침대에서 일어나 작은 창문으로 맑은 하늘을 올려다본 현우의 중얼거림은 놀라운 것이었다.

불과 3일 전까지만 해도 학교에 대한 트라우마로 인해 학교를 간다는 생각을 하기는커녕 빨리 이곳 세상을 벗어나고 싶다는 생각으로만 머릿속이 가득했던 현우였다.

게다가 이성적인 판단을 못하고 죽음으로 이곳을 벗어나겠다는 생각을 하던 현우였다.

그런 현우가 느닷없이 학교를 가겠다고 생각한 것은 혹

여 이번에야 말로 현우가 진짜 미친 것은 아닐까 싶을 만큼 놀라운 일임에 틀림없었다.

하지만 지금의 현우는 지극히 이성적이었다.

또한 죽음으로 이 세상을 벗어나겠다는 생각 역시 버리지 않았다.

아니, 오히려 지금에 와서는 보다 확신을 갖고 있었다.

'나 자신이 차원 이동의 산증인인 만큼 분명 영체가 차원 간의 이동이 가능하다는 것은 확실해…. 하지만 그 방법은 불확실한 만큼 나에겐 준비가 필요해.'

다만 확신을 한 만큼 조금 더 철저해질 필요가 있다는 것을 깨달았을 뿐이었다.

'고작해야 3클래스에 간당간당한 마나로 차원 도약을 꿈꾸었던 것부터가 문제였어. 철저히 준비를 해도 모자를 판에 말이야.'

그래서 결심을 한 것이다.

마법으로 다른 사람들로부터 완전히 잊힐 수 있고, 마법을 통해 죽음을 기반으로 차원 이동의 준비가 가능해질 때까지는 한동안 평범한 생활을 하기로 말이다.

이런 생각도 현우가 남들보다 압도적으로 빠른 마나 성장을 하고 있기에 생각 가능하고 계획 가능한 이야기였지, 만약 현우가 이번 계기로 마나가 급격히 성장하지 않았다면 지금쯤 현우는 학교 갈 준비를 하는 게 아니라 다시 한 번 자신이 죽을 장소를 찾아 깊은 산골을 뒤지고 있을 것이었다.

물론 여전히 죽음으로서 차원 이동을 한다는, 남들에겐 허무맹랑한 이야기가 주된 생각이었지만 현우는 지금 누구보다도 진지했다.

현우에겐 그럴 만한 지식이 있었으니 말이다.

그의 전신은 대언령사 칼롯 코즈너, 연구하지 않고 그저 떠오르는 것을 사용하는 마법의 조종 드래곤보다도 마법적 지식만큼은 더 많은 것을 안다고 자부하는 남자였다.

그리고 그중에는 분명 차원 이동에 관한 지식도 존재했었다.

물론 현우가 알고 있는 이전 세상의 차원 이동과 관련한 지식은 대부분의 마법사들에게 외면 받아온 분야였기에 그리 많지 않았다.

또한 그들이 생각하는 다른 차원의 기준은 천계나 마계를 기반으로 했기에 연구된 부분은 현우가 필요로 하는 부분과 꽤나 다른 측면이 있었다.

하지만 그야말로 동떨어진 세계에서 이동해온 현우는 그들과 상당히 다른 측면으로 이 마법에 접근했었고, 결과를 내진 못했지만 차원 이동에 관해 꽤나 많은 지식을 쌓을 수 있었다.

그리고 비록 불완전하다곤 하나, 그런 지식을 기반으로 예측컨대 분명 죽음을 통한 차원 이동은 가능하다는 것이 현우의 결론이었다.

'물론 그런 마법을 사용하는 데 있어서 최소의 기준이 6클래스긴 하지만……'

6클래스.

칼롯 코즈너의 세상에서 6클래스는 천재라 불리는 '인 간'이 오를 수 있는 최상위 클래스였으며, 지금 현우의 세 상에선 '인간'이 이룰 수 없는 경지라 불리는 클래스였다.

하지만 현우는 자신 있었다.

지금 현우가 가는 길은 이 세상의 마법사들처럼 알아서 개척해나가야 하는 길이 아니었다.

또한 칼롯 코즈너 쪽 세상의 마법사들처럼 막연히 새로운 깨달음을 기다리며 언제 끝날지 모르는 지루한 연구를 해야 열리는 길이 아니었다.

이미 한번 밟아본 길.

현우에게 6클래스 급 마나를 다룰 수 있는 마나 지배력만 존재한다면 얼마든지 활용 가능한 경지였다.

게다가 현우가 진짜로 목표로 삼는 것은 따로 있었다.

'7클래스……! 최소 7클래스 급 마나가 필요해.'

6클래스만 해도 이전 세계에서는 이름 있는 마법사들이 나 왕국 규모의 나라에선 나라를 대표하는 마법사였지만, 현우가 노리는 건 그보다 한 단계 높은 7클래스의 마법이 었다.

하지만 7클래스 급 마나를 모으기란 요원한 일이었다.

아무리 현우의 마나 성장 속도가 빠르다고 해도 6클래스까지의 마나를 모두 합친 것의 몇 배에 이르는 마나를 모은다는 건 아무리 빨라도 수년이 걸리는 일이었다.

그래서 현우는 6클래스를 목표로 했다.

6클래스에만 이르면 현우는 자신이 가진 바 지식을 이용해 7클래스의 마법을 사용할 예정이었다.

마나의 최대 가용 범위를 강제로 늘려주는 마나 증폭 마법진, 그리고 현우가 많은 연구를 통해 얻어낸, 효율을 극단적으로 늘린 마법 수식들은 이를 가능케 할 터였다.

하지만 6클래스의 몇 배에 달하는 마나를 과연 마법진과 수식의 보조만으로 충당할 수 있을지는 아직 현우에게 있어서도 미지수였다.

이론적으로는 가능함을 이미 머릿속 계산으로 끝내긴 했지만, 누가 뭐래도 실전과 이론은 차이를 보이기 마련이었기에 불안감이 있었다.

이전 칼롯 코즈너 시절에 실험해 봤다면 좋았을 테지만,

그때에는 그런 무리한 시도를 해볼 필요도 없었을 뿐 아니라 현우가 수식을 개량해낸 것은 8클래스 급에 이르러서 심심한 차에 만들어 놨던 것이었다.

6클래스나 7클래스 때는 알지 못하였으니 실험해 봤을 리가 없었다.

물론 그 수식과 마법진을 세상에 풀어 남들이 사용하는 것을 보며 귀찮은 실험단계를 압축할 수도 있었지만, 8클래스에 이른 이후에는 그마저도 귀찮았기에 실제로 사용해본 적이 없었던 것이다.

사실 클래스가 떨어지는 게 아닌 다음에야 필요한 게 아니었으니 그럴 만도 했지만, 막상 그런 상황이 닥치니 시간이 넉넉하던 그때가 아쉬운 현우였다.

'하지만 6클래스가 필요한 이유는 그뿐만은 아니지. 1클래스부터 6클래스의 마법은 자연, 세상, 사물의 일부를 모방하지만 본격적으로 공간을 다루는 마법은 7클래스부터 그 개념이 존재하니 말이야.'

모두가 흔히 아는 파이어볼, 윈드 커터, 체인라이트닝과 같은 원소계 마법은 물론이고, 스톤 스킨 아머, 헤이스트와 같은 보조계열 마법 역시 자연물과 각종 사물의 형태를 모방하고 조합한 마법이었다.

심지어 흔히들 공간이동 마법으로 알고 있는 6클래스의

텔레포트조차 실상은 자연계 원소를 이용한 초광속 이동 마법이었다.

물론 마법이 다양한 만큼 이런 6클래스까지의 마법 중 유일한 예외가 있었는데 바로 5클래스의 블링크 마법이었다.

블링크는 텔레포트와 같이 '순간이동' 마법임에도 불구하고 7클래스에 이르러 다루게 되는 '시공간'의 개념을 이용한 마법이었다.

그래서 칼롯 코즈너의 세상에선 이 마법을 5클래스의 마나로 사용하는 7클래스 마법이라고도 불렀으며, 이 마법의 사용 유무가 7클래스를 이룩할 수 있느냐 없느냐를 판별하는 첫 번째 관문이기도 했다. 그리고 실제로 6클래스에 이를 때까지 블링크를 사용 못하는 마법사가 7클래스에 오른 경우는 전무했다.

어쨌거나 이렇게 블링크를 제외한 6클래스까지의 모든 마법은 이 세상 자연물, 사물을 비롯한 무언가의 복제형이었다.

하지만 7클래스는 그렇지 않았다.

이른바 탈인간(脫人間)의 경지라 불리는 7클래스.

마나에 선택받은 인류 중에서도 정말 '특별한 존재'만이 오를 수 있는 지고지순한 경지였다.

그들이 다루는 것은 자연물의 모방이 아니라 자연 그 자체였으며, 세상을 이루는 공간을 비집는 게 아니라 공간 자체를 복속시켜 부리는 것이었다.

즉, 하위의 마법사들이 자연물과 함께하는 백성의 입장이라면 7클래스의 마법사는 그들을 지배하고 다루는 귀족, 지배자의 입장이라는 것이다.

만약 그들이 사용하는 마법이 어떤 사물, 혹은 누군가를 닮았다면 그것은 모양이 비슷한 완전히 새로운 것이라 보는 것이 현명했다.

인간의 모습을 하고 있으나 인간이 아닌 경지에 이른 이들이 사용하는 마법이란 그런 것이었다.

그리고 현우는 이 엄청난 마법들 중 차원 이동을 위한 공간을 다루는 힘이 필요했다.

'비록 7클래스의 공간 마법은 상위 클래스에 비해 떨어지긴 하지만 공간의 통제권을 그렇게라도 얻을 수 있다는 것을 다행으로 생각해야겠지.'

세상의 마법에는 몇 가지 규칙이 있었다.

첫째로 마법에는 마나가 필요했다.

둘째로 마법을 사용하는 자는 말에 책임을 질 수 있어야 했다.

셋째로 특수한 마법엔 세상이 정한 기준이 있다는 점이

었다.

이중 차원 이동을 이루기 위해 현우가 얻고자 하는 공간의 통제권은 세 번째 규칙을 기반으로 하는 이론이었다.

공간을 다룬다는 건 기존 자연물에서 따온 마법에 비해 압도적으로 어렵고 사실상 기존 마법들과는 완전히 다른 개념이었다.

하지만 그 어려움을 극복하고 이를 자유자재로, 수족처럼 부릴 수만 있다면 그야말로 완전무결, 절대무적의 존재가 될 수 있었다.

그래서 세상에는 기준이 존재하는 것이다.

혹시라도 공간이 가지는 어떠한 규칙을 꿰뚫어보고 이를 무제한적으로 다룰 수 있는 존재가 나타나는 것을 막기 위해, 세상은 자신과 그곳에 살아가는 모든 것을 보호하기 위해 이를 다루는 데 기준을 걸어둔 것이었다.

그리고 그 첫 번째 기준이 바로 지식.

두말할 것도 없이 공간 마법에 대한 지식, 개념을 완벽히 이해하는 가였다.

두 번째 기준은 바로 마나.

7클래스 급에 이르는 대용량의 마나가 공간 마법을 활성화시키는 두 번째 조건이었다.

즉 마법사의 클래스는 단순히 그 마법사의 수준이나 총

마나양이 얼마나 되는가를 나타내는 게 아니라 그 마법사가 다룰 수 있는 세상의 규칙이 어디까지인가를 알리는 표식인 것이다.

세상은 스스로를 위협 할 수 있는 위험한 힘이 남용되는 것을 막기 위한 제약으로 이 두 가지를 든 것이다.

"두 번째 제약은 시간만이 해결할 수 있으니 결국 조금 미리 만족하는 수밖에……."

현우는 그렇게 앞으로의 일에 대해 생각하며 방문을 나섰다.

그리고 거실에 멍하니 앉아있던 새엄마와 마주쳤다.

서로 간에 간섭을 하지 않는 만큼 아주 잠깐, 찰나지간 스쳐 지나며 마주친 그녀의 동공에서 현우는 많은 것을 읽어낼 수 있었다.

그를 볼 때마다 잘게 떨며 동공에 내려앉은 불명확한 불안.

현우란 존재에 대한 불신.

그리고… 걱정.

현우는 이를 덤덤히 지나쳤다.

그녀의 그런 눈을 보기 시작한지 이미 며칠이나 지났다.

익숙해질 만큼 익숙해진 시선은 현우에게 아무런 감흥을 주지 못했다.

물론 처음에 그녀의 눈을 똑바로 봤을 때.

현우는 꽤나 충격을 받았다.

걱정이라니……

여태껏 수년간 아는 체도 않던 이의 눈에 보이는 걱정은 현우를 아주 조금, 아주 조금보다 조금 더 조금… 그를 흔들어 놓았다.

아마도 그때였을 것이다.

죽음에 자원하기 전 얼마간 학교에 다시 가기로 결정한 것은.

아주 조금이지만, 자신을 향해 의미 있는 눈빛을 보내준 이의 걱정을 조금이나마 덜어주고자 했던 생각에서였다.

꽤나 충동적인 결정이었지만 당시엔 그게 잘한 선택이라고 생각했다.

이미 곧 죽을 것임을 스스로 천명한 현우는 자신에게 수많은 트라우마를 안겨준 지옥 같은 학교도 사실 크게 겁이 나지 않았다.

그래서 '학교에 가야겠다' 라는 말을 직접 입으로 언급하면서 언령사로서, 스스로 벗어 날 수 없는 약속을 했을 때까지만 해도 현우는 그렇게, 후회하지 않는다 생각했다.

하지만.

조금 더 시간이 지나고, 그와 같은 눈빛을 여러 차례 더 마주쳤을 때.

현우는 떠올렸다.

과연 저 사람이 걱정의 눈빛을 띄는 게 현우 자신을 향한 것일까.

아니면 자기 자신을 향한 것일까.

서로에 대한, 현우가 보는 사람에 대한, 그리고 세상 모두가 보는 현우에 대한 불신을 전제로 깔고 생각하기 시작했다.

잘게 흔들리던 마음을 다잡고 보자 다시 세상이 변했다.

현우는 그녀가 자신을 키우는 대가로 아버지로부터 생활비를 비롯한 돈을 받고 있다는 것을 알고 있었다.

그리고 조건 또한 있다는 것을 알고 있었다.

가령 현우가 대학으로 진학한다면, 그만큼 많은 돈을 지급받는다는 식의 계약 조건 말이다.

그런 조건에 매인 그녀가 걱정의 눈빛을 띠었다면.

그건 과연 현우를 향한 것이었을까.

수년간 살아오며 수많은 괴롭힘으로 피투성이가 된 채 집에 돌아와도.

며칠간 마음대로 학교를 가지 않아도.

그리고 매번 현우의 방에서 구타하는 소리가 들려와

도…….

언제나 무표정하던 그녀가 걱정의 눈빛을 띠었다면.

그게 과연 자신을 향한 걱정이 아니라고 할 수 있었을까.

뛰어난 현우의 머리는 그간 무단결석한 횟수가 슬슬 유급 조건을 충족해 가고 있음을 단숨에 깨닫게 했다.

현우는 무릎을 탁 쳤고, 잠시 잠깐의 꿈에서 깨어날 수 있었다.

하지만 이제 와 학교에 가는 것을 무를 수는 없었다.

마법사에게 있어서 말이란 것은 힘이며 약속이었다.

수식을 술식으로 만드는 주문도, 마법의 발동을 외치는 명령어도 모두 말이었다.

약속한 말의 법칙으로 수식을 만들고 마법을 만드는 그들에게 있어서 자신의 말은 암묵적인 계약의 의미였다.

스스로가 스스로에게 건 계약을 자의로 파기하게 되면, 말로서 약속한 자가 스스로의 말을 어긴다면, 그의 말은 거짓된 말이 되어 힘을 잃는다.

이는 곧 주문력의 약화, 마법의 약화로 이어진다.

그래서 마법의 조종, 드래곤들은 그들이 본신일 때 거짓말을 하지 않는다.

이는 마법을 주로 다루는 엘프 역시 마찬가지.

다만 인간 마법사만이 거짓말을 일삼을 뿐이다.

하지만 그중에서도 유달리 엘프나 드래곤처럼 말을 조심히 사용하는 인간 마법사가 있으니, 그게 바로 언령사였다.

보통의 마법사들에 비해 마법적 혜택을 가지는 대신 평생 스스로의 말을 조심하고 경계해야만 한다.

순수하게 언령으로 쌓아올린 마법을 다루는 이들의 약속은 보통 마법사가 가지는 약속의 몇 배나 되는 강한 약속이니 말이다.

그래서 현우는 반드시 학교를 가야만 했다.

사실 굳이 안 갈 생각도 없었지만……

그래도 어쩐지 이렇게 학교를 가게 되면 억울하다는 생각이 들었다.

마치 속은 것 같아서 기분이 나빴다.

현우는 자신이 학교를 가는 것에 이유를 덧댔다.

–그녀는 나를 키우는 조건으로 생활비를 얻는다. 내가 일상에 불성실해지면 지원이 줄거나 끊어질 터 그러니 나는 '나를 위해' 학교에 간다.

철저한 계약에 의해, 자신이 움직이는 것이라고 현우는

스스로를 위안했다.

자신이 학교를 가는 것에 대해 확실한 이유를 달았다.

스스로를 납득시킬 수 있는 충분한 이유를 말이다.

"……."

세안을 마치고 나올 때 현우는 다시 한 번 그녀와 마주쳤다.

지금까지와 다를 바 없는 눈빛.

방 안에 들어간 현우가 이번엔 교복을 입고, 가방을 메고 나왔다.

그리고… 다시 한 번 눈을 마주쳤다.

"……."

"……."

명백히 달라진 눈빛.

잠시 서로를 지그시 바라보던 두 시선은 이내 서로를 회피했다.

무엇을 기대했던 걸까?

현우는 생각해보았지만, 답을 내릴 수는 없었다.

학교를 가기엔 늦은 시간.

현우는 느긋하게 하루를 시작했다.

*   *   *

아주 조그만 그을음 두 개가 묘하게 인상적인 골목.

그곳의 터줏대감으로 자리 잡은 슈퍼 앞에 건장한 체격의 중년인이 나타났다.

선글라스를 쓰고 있는 탓에 얼굴을 자세히 볼 수는 없었지만.

깔끔한 양복차림에 구레나룻으로부터 턱을 뒤덮은 수염이 강한 인상을 주는 멋들어진 모습이었다.

분명 풍기는 분위기가 어림잡아 4, 50대는 되어 보이는데도 지나가는 여성들이 눈을 못 뗄 만큼 멋진 남자는 슈퍼 자판기 앞에 섰다.

그리고 자연스럽게 천 원짜리 지폐를 넣고 캔커피를 뽑았다.

덜컹-!

딸그랑! 딸그랑!

그가 캔커피를 집어든 후 자판기에선 거스름돈이 나오는 소리가 들렸지만 중년인은 신경 쓰지 않는다는 듯 손에 들린 커피를 입에 가져갔다.

무언가 고민이 있다는 듯.

천천히 자판기 주변을 서성이면서.

그리고 마침내 그을음이 있던 곳을 밟았을 때.

그가 우뚝 멈춰 섰다.

"……."

지-익!

그의 고급스러워 보이는 구두 밑창이 그을음과 마찰했다.

지이이익!

얼마 전 그 골목을 지나던 행인의 발걸음 소리와도 같은 소리가 울려 퍼졌다.

지익! 지이이익! 지이익!

마치 장난을 하듯, 그 그을음을 발로 지워 보겠다는 듯 구둣발로 그을음을 문지르는 그의 표정이 사뭇 진지했다.

하지만 아무리 그가 발을 비벼도 바닥에 스며든 그을음은 끄떡도 하지 않았다.

그러다 마침내 그의 손에 들린 캔 커피가 그냥 알루미늄 캔이 되었을 때.

중년인이 돌아섰다.

손에 들린 빈 캔을 가볍게 쓰레기통에 던져 넣은 그가 중얼거렸다.

"……마법사군."

골목을 벗어나는 중년인의 발걸음이 더없이 진지했다.

점심을 알리는 종소리가 울린 지 한참이 지난 시간.

조퇴하는 학생이 있다면 있을지언정 학교로 들어오는 학생은 극히 드문 이 시간.

가방을 멘 현우가 교문을 지나 교실로 향했다.

와글와글!

방금 점심을 먹고 한창 신이 난 학생들의 왁자지껄함이 교실 문 너머로 생생하게 전해졌다.

현우는 그런 교실의 뒷문을 거침없이 열었다.

드르르륵!

지금이 수업시간이라든지, 혹은 수업 시작 직전이었다면 많은 이들이 문 열리는 소리에 집중해 고개를 돌렸을 테지만 아쉽게도 지금은 점심시간.

교실 문이 벌컥벌컥 열리는 건 흔한 일이었다.

하지만.

저벅- 저벅-

그런 와중에도 그런 것에 눈을 두는 이는 있기 마련이었다.

문을 열고 들어오는 현우를 발견한 애들은 모두 말이 없었다.

그리고 자신과 신나게 떠들다가 말이 없어진 친구를 보며, 대화하던 애들 역시 고개를 돌려 현우를 봤다.

그렇게 하나둘, 교실의 목소리가 줄어들고 마침내 정적이 찾아왔을 때.

현우가 누군가 걸터앉은 책상으로 다가가 그 정적을 깼다.

"비켜, 내 자리다."

현우의 말에 눈을 동그랗게 뜬 책상에 앉아 있던 학생은 무언가 고민하는 듯, 갈팡질팡하는 눈빛으로 주변의 눈치를 보다가 이내 입을 달싹였다.

드르르륵!

아니, 달싹였을 것이다.

다시 한 번 교실 문이 열리는 소리만 아니었다면 말이다.

"……아."

조금 전까지 망설이고 있던 녀석은 이내 문을 통해 들어오는 무리를 보고 작은 경호성을 내뱉으며 자리에서 일어났다.

자신의 책상에 앉은 녀석이 일어나길 느긋하게 기다리던 현우는 앉아 있던 녀석이 일어나는 것을 보며 말했다.

"고맙군."

그러곤 주변 반응에 신경 쓰지 않는다는 듯 의자를 빼고 자리에 앉았다.

하지만 어느샌가 그런 현우의 행동에 주목하는 사람은 아무도 없었다.

……방금 교실에 들어온 무리만을 제외하고 말이다.

"야……! 저거!"

"……어럽쇼?"

시끌시끌하게 교실에 등장한 그들 무리는 자리에 앉아 있는 현우를 발견하고 눈을 빛냈다.

그리고 그중 가장 선두에 있던 녀석이 뛰는 듯 걸어와 단숨에 손을 날렸다.

퍽!

그다지 아프거나 하지는 않지만 굉장히 모욕적이고 기분 나쁜 일이었다.

무엇보다 뒤통수를 향하는 손은 미리 감지를 해놓고 여전히 신체능력이 낮은 탓에 반응도 하기 전에 맞았다는 게 무엇보다도 기운 나빴다.

"야! 너 이제 학교는 나오고 싶을 때 나오기로 한 거냐?"

"……."

"엉? 말을 해봐 새꺄. 이 새끼 수 쓰냐? 우리가 너 때문에 최근에 얼마나 기분이 더러웠는지 알아?"

"야야, 왜 초장부터 때리고 그래? 일단 이유를 찬찬히 들어보고… 그리고 시작해도 괜찮잖아. 그치?"

마치 동의라도 구하는 듯, 친절한 미소를 지으며 다가오는 박성빈은 폭군이라 불리는 평소의 모습과 달리 굉장히 침착해 보였다.

"……."

"……."

하지만 현우가 아무런 대답도, 반응도 하지 않자.

곧장 폭군의 본성을 드러내기 시작했다.

따악!

"야, 새끼야. 형이 하는 말이 안 들려? 왜 안 왔느냐고 묻잖아."

"……."

하지만 이번에도 현우는 반응하지 않았다.

이 정도는 이미 예상한 바였던 탓이기도 했고, 무엇보다 이들 역시 학생 신분인 이상 이 이상은 '불가능'하다는 것을 염두에 두니 녀석의 주먹이 이전처럼 매섭게 느껴지지 않았다.

불과 몇 주 전 그토록 공포스럽던 녀석의 손찌검이 마치 아이들의 투정 어린 두드림으로 보였다.

사람이 이렇게 까지 바뀌어도 되는 걸까?

칼롯 코즈너에서 김현우가 되어 버렸던 현우는 어느샌가 기존의 김현우와는 다른, 또 다른 존재가 되어 있었다.

다만 처음 칼롯 코즈너에서 김현우가 될 때처럼 지금의 현우가 그것을 인지하지 못하고 있을 뿐이었다.

그렇게 말도 안 되는 추궁과 폭력에 시달린 지 몇 분여.

녀석들도 오랜만에 나타난 현우의 분위기가 이전과 다른 탓인지 저번과 같은 무차별 폭행은 일어나지 않았다.

사실 그런 것보다도 현우의 몸이 너무 약해 보여서 함부로 때릴 수가 없었다는 게 맞겠지만… 어쨌거나 아무리 봐주고 있다고 한들 아프고 기분 나쁜 것은 사실.

면도를 하지 않았는지 수염이 듬성듬성 난 녀석의 얼굴을 보며 현우는 지금이라도 꺼내든 펜으로 녀석의 이마를 장식해줄까 생각했지만 현대 사회에서 그런 짓을 했다가는 단숨에 가해자와 피해자의 위치가 뒤바뀔 것이기에 이내 생각을 지웠다.

물론 간단한 방법으로 마법으로 녀석을 골탕 먹일 수도 있을 테지만… 마법의 경지가 오르고 불과 3일 전 자신의 마법 위력을 다시 한 번 확실히 목격한 후 현우는 마법을 함부로 쓸 수는 없다는 생각이 들었다.

단순히 위력의 문제라기보다는 그 폭력성이 문제였다.

현우의 마법은 이 녀석들이 행사하는 폭력보다도 몇 배는 아프고, 몇 배는 수치스럽고, 몇 배는 위험했다.

그게 아무리 단순한 마법이더라도 강자의 작은 장난은 약자에게 있어서 폭력일 수 있는 법이었기에 현우는 민간인에 대한 마법 사용을 자제할 생각이었다.

이런 단순한 폭력 정도는 강자의 넓은 아량으로 덮어 줄 수도 있다고 생각했다.

지금의 현우에겐 그만한 아량을 보일 만한 여유가 있었다.

'물론 경우에 따라서는 참다가 끝내지는 않을 테지만…….'

여차하면 마법을 쓰겠다는 말이었다.

하지만 지금은 다른 방법도 있었다.

현우는 외부로부터 도움을 구할 생각으로 현우를 노려보고 있는 녀석들의 시선을 피해 고개를 들어 주변을 훑었지만,

지금껏 현우와 녀석들의 실랑이를 보고 있던 다른 애들은 현우의 시선이 가까이오자 다들 재빨리 고개를 돌려버렸다.

그런 모습에 현우가 속으로 혀를 차는 사이, 주변엔 금세 박성빈 패거리가 몰려들어 현우를 에워싸고 있었다.

그중 어느샌가 현우의 앞에 쭈그리고 앉아 현우와 얼굴을 맞대고 있던 녀석은 조롱하듯 웃던 얼굴에서 웃음을 지우고 미간을 찌푸렸다.

"어라? 이 새끼 지금 내 눈을 피한 거냐?"

"낄낄, 이 새끼 이거 몇 주 학교 안 나오더니 완전 컸네? 찬수가 웃고 있는데 얼굴을 돌리고."

"것 봐, 아직 정신개조가 덜 돼서 때려서 키워야 한다니까?"

녀석들의 제멋대로 떠들어대는 말에 현우는 여태껏 혼자 잘 커왔고 그동안에도 키는 니들보다 조금 더 컸다고 말해주고 싶었지만 일단은 조용히, 평소처럼 지내기로 미리 결심한 바가 있는 만큼 아무런 대꾸도 하지 않았다.

예전과 달리 아예 아무런 반응도 하지 않는다면 이 녀석들도 언젠간 흥미를 잃을 것이라 생각했기 때문이다.

인간관계에 있어 무관심이란 한쪽이 시작하면 다른 한쪽도 자연스럽게 무관심해지는 마법 같은 효과가 있는 것이었으니 말이다.

하지만… 그건 현우의 명백한 착각이었다.

그리고 잊고 있었다.

400년 전 그 옛날에도 이런 일이 비밀비재했었다는 것을 말이다.

뻐억!

"이 새끼가 진짜! 오냐오냐 해주니까!"

"야야, 참아. 여기 교실이야."

"야, 놔봐! 저 새끼 저거 오늘 버릇 좀 고쳐놓게!"

'방법이 틀린 건가?'

조금 멍해진 머리로 녀석들에게 대응하지 않는 방법 외의 다른 방법을 고민하던 현우는 녀석들 중 한 녀석이 현우의 팔뚝을 때리면서 시작된 무자별 구타에 생각하기를 접었다.

대신 정신을 흐트러뜨리지 않기 위해 집중했다.

퍼억! 퍽!

현우의 몸 위로 떨어지는 주먹들은 비록 양아치들의 막던지는 것들에 불과했지만 빈약하다 못해 동급생 여자애들만도 못한 육체가 고통을 호소하게 만들기에 충분했다.

하지만 현우는 자리에서 움직이지 않았다.

이제 와서 녀석들의 폭력에 굴하며 어떠한 반응을 보이는 것도 우습거니와 그런 행동을 한다고 이미 시작된 폭행을 멈출 수는 없을 것이다.

그렇지만 마법을 제한하기로 마음먹은 지금 육체의 힘으론 녀석들을 저지할 방법이 없었기에, 현우는 자신의 육체를 잠시 잊기로 했다.

정신없이 쏟아지는 주먹과 발길질이 몸을 병들게 하고 있었지만 현우는 신경 쓰지 않았다.

더 이상 고통이 느껴지지 않았기에.

물론 고통을 못 느낄 뿐, 맞고 있다는 사실은 변하지 않는 만큼 빈약한 몸이 조금 걱정되긴 했지만 거기까지였다.

설령 그들이 현우의 몸을 많이 다치게 한다 해도 현우에겐 치료마법이 있었고 혹여 이 일이 계기가 되어 이들과 현우 둘 중 누구라도 학교에 나오지 않게 된다면 그것만으로도 충분히 이득이라고 생각했다.

비록 학교에 다니겠다는 언약은 깨어질 테지만 자의가 아닌 타의에 의한 파기였기에 현우가 잃는 건 없었으니 말이다.

그렇기에 현우는 더욱 정신을 단단히 했다.

몸이 무너지면 다시 고치면 되지만 마법사는 정신이 무너지면 죽는 것이다.

정신이 무너져 자존감을 잃으면 마법사로서 가치를 상실하는 것이다.

현우는 자신의 정신이 이런 폭력에 굴하지 않게 하기 위해, 자꾸 마음 깊은 곳에서 치솟아 오르려는 트라우마를 억누르며 자신을 조절했다.

그렇게 자기 자신을 절제하며 조금 떨어진 곳에서 스스

로를 관조하고 있노라니 자신의 모습이 한심했다.

단순히 저런 양아치들에게 몸을 내주고 맞고 있어서가 아니라, 그 전까지 겨우 저까짓 주먹 따위에 벌벌 떨었다는 게 한심했다.

현우는 저쪽 세상에 칼롯 코즈너로 있으면서 저런 주먹 따위는 상대도 안 될 수많은 위험과 직면해봤다.

그중엔 저보다 훨씬 강맹한 주먹도 있고, 주먹보다 날카로운 칼과 창이 있었으며, 미증유의 힘을 담은 마력과 보는 것만으로도 공포에 빠져들 것 같은 흉악한 괴물들이 있었다.

그때의 칼롯 코즈너는 그런 것들을 보면서 단 한 번도 겁을 내지 않았다.

아니, 설령 겁이 나더라도 절대로 밖으로 드러내 스스로를 흐트러뜨리지 않았다.

정신이 무너지면 마법사는 죽는 것이기에 언제나 스스로가 넘어지지 않게 다잡고, 다시 일으켜 세워왔다.

그런데 그런 칼롯 코즈너의 전신이 겨우 저런 양아치들 주먹 몇 개에 잔뜩 쫄아 학교를 다니지 못할 정도였다니.

우습기 짝이 없었다.

'언제 끝나려나.'

고통을 잊고 조금 떨어져 관전을 하고 있는 입장이 되

니 지루할 지경이었다.

물론 지금 상황과 상태가 끝나고 나면 꽤나 큰 고통에 시달려야 할 테지만 어차피 순식간에 마법으로 치유할 거, 그 정도는 걱정할 것도 못되었다.

'시간이 해결해 주겠지.'

그게 수업 시작 종소리가 울리는 방식이든, 아니면 녀석들이 나가떨어지는 방식이든 말이다.

그런 생각을 하며 찬찬히 보고 있노라니 아무래도 후자의 가능성이 높아보였다.

그도 그럴 것이 점심시간은 앞으로 10분가량이나 남았는데 여태껏 현우를 구타한 녀석들은 그렇게 실컷 때려놓고 얼굴이 시뻘겋게 돼서는 거친 숨을 몰아쉬고 있었으니 말이다.

사실 이미 처음 때리던 녀석들 중 아직까지 주먹을 휘두르고 있는 건 녀석들의 리더 격인 박성빈과 조금 전 현우의 앞에 쭈그리고 앉아 있던 정찬수라는 일진 녀석뿐이었다.

'주제에 돈 있는 집 아들이랑 일진이라고 운동 조금 했나 보다만… 거기까지군.'

애당초 사람을 때리는 데 쓰는 힘과 체력은 단순히 평소에 러닝머신을 달리고 근력 운동을 해서 키운 힘, 체력과는 다른 법이었다.

누가 뭐래도 살아있는 것을 대상으로 폭력을 행사한다는 것은 정신적으로나 육체적으로 굉장히 피곤한 일이니 말이다.

'슬슬… 끝나려나?'

녀석들의 주먹이 눈에 띄게 느려진 걸 보고 현우는 끝날 때라고 직감했다.

그리고 현우의 예상은 틀림없이 들어맞았다.

"……야! 너희……! 그, 그만둬!"

"……."

"……?"

"……?"

예상과는 꽤 많이 다른 방식이긴 하지만 말이다.

*   *   *

부들부들…….

학급의 반장 이성희는 현우가 등장했을 때부터 지금까지 현우의 동태를 예의주시하고 있었다.

처음 등장했을 때는 그야말로 깜짝 놀랐고, 현우가 자기 책상을 찾을 때는 손발이 떨려왔다.

그리고 마침내 박성빈 패거리가 현우를 집단 구타하기 시작했을 때는 두려움에 온몸이 떨려왔다.

이제 곧 펼쳐질 미래가 보이는 것 같아서.

당장에라도 쓰러져 버릴 것 같아서.

그녀는 미치도록 두려웠다.

그래서 고심 끝에 용기를 냈다.

이대로 있다가 사람하나 잡는 건 시간 문제였으니 말이다.

"⋯⋯야! 너희⋯⋯! 그, 그만둬!"

"⋯⋯."

"⋯⋯?"

"⋯⋯?"

그녀의 용기 있는 외침에 모두가 그녀를 쳐다봤다.

특히나 계속해서 현우를 구타하고 있던 박성빈과 정찬수는 눈을 똥그랗게 뜨고 그녀와 눈을 마주쳤다.

이성희는 그들과 눈이 마주치자 여전히 두려움에 찬 표정으로 간신히 눈만 웃으며 입을 벙긋거렸다.

"그⋯ 그만해⋯ 이제 그만⋯. 더 이상한다면 선생님한테 이를 거야⋯⋯!"

바들바들.

떨리는 목소리에 앵앵거림에 가까운 모기만큼이나 작은

소리였지만 반에 있는 모두에게 의사전달하기에는 충분했다.

반에 있는 모두가 그녀의 말을 똑똑히 들었지만, 의외로 의미는 잘 전달되지 않았다.

그도 그럴 것이 모두가 알고 있는 대로라면 설령 그녀가 직접 선생님께 말씀드린다고 해도 큰 파장은 일지 않는다는 걸 뻔히 알고 있기 때문이었다.

이 학교 선생님들 중 수업시간 내내 바름을 따지는 현우를 좋게 보는 사람은 없었다.

그건 현우의 담임선생님도 마찬가지.

선생님들 사이에서 자신의 평판을 깎아먹는 현우를 학생 이하 원수 미만으로 보고 있었으니 말이다.

물론 반장인 이성희가 직접 나서서 말하는 데야 아무것도 안 할 리는 없지만 선생님 앞에서라면 언제나 착한 아이가 되는 박성빈과 학교 최고의 문제아 김현우가 상대라면 박성빈의 손을 들어줄 건 뻔했다.

그러니 이런 뻔한 상황, 뻔한 결말이 예상되는 곳에 무리수를 두고 끼어든 이성희의 말은 모두를 집중시키기에 충분했다.

또한 그 효과 역시 꽤나 즉각적으로 나타났다.

"푸⋯⋯!"

"흐… 흐흐……!"

갑자기 박성빈과 정찬수가 조금씩 웃기 시작하더니 이내 박장대소를 하며 웃어댔다.

"푸하하하하핫! 크크크큭! 끄흐흐흐……!"

"흐하하핫! 끄윽! 끅… 크흐흑……."

그런 그들의 반응에 반 분위기는 대번에 반전됐다.

"흐… 흐하하하……."

"아하하하!"

"오호호호호홋!"

"꺄르륵! 깔깔!"

어째서 웃는지도 몰랐다.

그저 박성빈이, 박찬수가, 그들의 폭군과 그의 측근이 웃기 시작하자 반의 모두가 그들을 따라 웃기 시작한 것이었다.

그건 이성희도 마찬가지였다.

"호… 호호호홋!"

잔뜩 굳은 얼굴로 처음과 같이 눈만 웃으며 웃어댔다.

그리고 이건 반에서 현우를 제외한 모두의 공통적인 모습이었다.

하나같이 어색한 웃음으로 웃어대는 그 모습은 어설픈 연극 내지는 표정이 하나밖에 없는 가면을 단체로 둘러쓴

가면극을 보는 듯 흥미롭지도, 재밌지도 않은 그런 기괴한 광경이었다.

그러다 이내.

"흐흐하핫ーーーー!"

뚝!

박성빈이 교실이 떠나가라 허리까지 접어가며 크게 한 번 웃어재끼고 웃음을 뚝 그치자.

마치 약속이라도 한 듯 반의 웃음소리가 사라졌다.

그런 반 애들의 반응에 박성빈은 만족한 듯 싱글싱글한 얼굴로 반 전체를 쓱 훑어보고는 이성희에게 말했다.

"그래, 그만해야지! 우리가 뽑은 반대표, 반장이 하시는 말씀인데 말이야! 당연히 그렇게 해드려야지!"

그렇게 말하곤 박성빈은 곧장 자신의 자리로 돌아갔다.

정찬수 역시 마찬가지 무표정하게 앉아 있는 현우에게 귓속말로 무언가 말하는가 싶더니 이내 피식 웃고는 본인의 자리로 돌아갔다.

아무도 예상치 못한 허무한 결말.

싱겁게 끝나버린 상황에 주변 모두가 놀랐지만 가장 놀란 것은 이성희였다.

두려움을 참지 못하고 벌떡 일어나 버렸지만 설마하니 이렇게 쉽게 결론이 날것이라곤 생각지도 못했던 그녀였다.

오히려 웃음거리가 되거나 심한 꼴을 당하는 것은 아닐까 걱정이 될 정도였는데 그런 걱정은 기우라는 듯 아무 일 없이 해결되었으니 말이다.

그래도 그녀는 나름 안심했다.

최소한 이제 그녀의 눈앞에서 다시 사람이 '소거'되는 모습은 보지 않아도 됐으니 말이다.

털썩!

긴장감에 온몸에 땀이 맺혔었다는 것을 증명이라도 하듯 의자에 앉은 그녀의 엉덩이와 등허리가 축축했다.

굉장히 기분 나쁠 만도 하건만, 그녀는 '반 친구들을 살렸다'라는 뿌듯함에 조용히 미소 지었다.

그녀가 의자에 주저앉는 것을 기점으로 현우네 반은 다음 수업을 준비하는 학생들로 분주해졌다.

*   *   *

"……운 좋은 줄 알아라."

소근.

'어차피 체력 달려서 곧 끝날 거였으면서 허세부리기는.'

현우는 자리로 돌아가며 자신의 귓가에 속닥이는 정찬

수의 목소리를 들으며 구시렁거렸다.

한참 헉헉거리던 녀석들의 몰골을 보건대 아마 이성희가 말리지 않았다면 몇 분 뒤엔 거품 물고 쓰러졌을 녀석들이었다.

'그나저나……'

파아앗!

남몰래 수식을 만들어 단숨에 몸에 피어나기 시작한 멍들을 지운 현우가 이성희를 쳐다봤다.

'느닷없이 날 도와줬단 말이지?'

사실은 현우가 아닌 그를 때리던 박성빈 패거리를 도와준 것이지만 외견상으론 현우를 도와준 모습이었다.

그래서 현우는 고민이었다.

왜 그랬을까?

현우로선 당연한 의문이었다,

반장인 이성희로 말할 것 같으면 현우의 동생 김예린과 같은 화려한 미인은 아니지만 지적이고 단정한 용모에 우수한 성적을 가진 반의 꽃으로, 선생님들에게도 귀여움 받아 반 안에서는 나름 영향력 있는 여학생이었다.

그런 이성희가, 한 학기 내내 현우가 맞는 모습을 보고 있던 그녀가 이제 와서 현우가 맞는 걸 보고 분노했다는 건… 어쩐지 앞뒤가 안 맞는 말이었다.

'물론 사람의 심리란 게 언제나 절대적일 순 없으니 아예 말이 안 되는건 아니지만……'

하지만 확실히 뜬금없긴 했다.

'혹시 생리 중인가?'

생리 중에 여성의 행동이 감성적으로 변한다는 건 꽤나 잘 알려진 사실이었다. 하지만 반의, 아니 이 학교의 실세인 박성빈에게 대놓고 반기를 드는 행위가 단순히 생리로 인한 심리적 영향 때문이라고 말하기는 힘들었다.

만약 그런 것이라면 이전까지는 왜 아무 말도하지 않았으며 이제 와서, 아무런 전조도 없이 그런 행동을 했냐는 의문이 남았다.

박성빈에 대한 반기는 학교생활의 불편을 초래하는 지름길인 만큼 이성희처럼 똑똑한 인물이 그런 짓을 할 리가 없기 때문이었다.

'뭐 저 녀석한테 박성빈 이상 가는 대단한 배경이 있다면… 그럴 수도 있겠지만.'

하지만 정말 그런 게 있었다면 애당초 학기 초에 박성빈이 깽판을 부리는 걸 두고 봤을 리가 없었다.

물론 '현우가 싫어서 그냥 괴롭히게 됐다'라는 가정도 있지만 이 반에서 박성빈의 괴롭힘을 받은 건 현우뿐만이 아니었다.

여자애들에게는 상대적으로 덜했지만 이성희는 평소에 충분히 박성빈을 불편해했었다.

'그렇다면 왜지?'

이렇게 봐도, 저렇게 봐도 이성희가 이제 와서 현우를 도와줄 이유는 전혀 없었다.

'혹시 반하기라도 한 건가?'

물론 그랬다면… 어느 정도 수긍이 가는 이야기였다.

사랑은 사람의 현실을 망각하게 하는 가장 큰 마약이니 말이다.

하지만 현우도 눈이 있었다.

키만 멀대같이 컸지 비쩍 마른 몸은 흔히 말하는 남자 아이돌 같은 마르고 예쁜 몸이 아니라, 말 그대로 뼈 위에 가죽을 씌워놓은 모양새였고 얼굴은 몸만큼이나 홀쭉하게 들어간 볼이 인상적인 해골바가지 모양이었다.

뭐, 이 상태에서 살을 찌우고 육체 단련을 하면 어느 정도 봐줄 만한 얼굴이 된다는 것을 다른 세상에서의 경험으로 알고 있었지만, 최소한 현재 세상에선 아직 그 얼굴은 공개된 바 없었다.

'특수한 성적 기호가 있는 건가? 시체를 좋아하는 네크로필리아라든지…….'

시체 같은 현우의 몰골을 생각해보면 있을 법한 이야기

였다.

진짜 시체 대신 시체랑 비슷한 몰골의 인간을 좋아한다
는…….

하지만 이성적으로 생각해 봤을 때 이성희가 그런 특수
한 사람일 가능성은 희박할뿐더러 앞서 생각해본 것들 중
에서도 정답이라 볼 수 있는 건 없었다.

그런데 이때.

현우의 시선을 느끼기라도 한 것인지 갑자기 이성희가
뒤를 돌아봤다.

그리고 현우와 눈이 마주치자……!

홱!

"……?"

마치 못 볼 걸 본 듯 재빨리 고개를 돌려버렸다.

그리고 이 모습을 통해 먼저 생각 했던 것들 중 한 가지
는 확실히 제외할 수 있게 되었다.

'……좋아하는 건 아니군.'

그렇게 현우가 이런저런 생각을 하는 사이 이성희
는…….

'히익! 어, 어떡하지! 계속 노려보고 있는 거 같은데…
괜히 잘못 건드린 거 아니야?'

옥죄어오는 공포심에 가슴을 졸이고 있었다.

　　　　*　　　　　*　　　　　*

　'이성희… 김현우라…. 무슨 관계지?'

　조금 전 이성희와 김현우가 마주봤을 때 이성희가 거칠게 시선을 피한 것을 보면 딱히 모종의 관계가 있는 것 같지도 않았다.

　물론 그게 어떤 특수한 사인이거나 일부러 티내지 않기 위한 연기일 수도 있겠지만… 최소한 지금 박성빈이 보기엔 그렇게 보이지 않았다.

　'정말로 생리인 걸까?'

　이번 일에 대해 궁금한 건 현우뿐만이 아니었다.

　아니, 사실 반 전체 모두가 궁금해할 것이다.

　모두 겉으로 티만 내지 않을 뿐, 각자 상상의 나래를 펼치고 있을 게 뻔했다.

　그리고 대부분 공통적으로 생각해 낸 건 생리에 관해서였다.

　반의 여자애들 중엔 이 생각에 동조하는 경우가 드물었지만 남자애들은 대부분 그럴 것이라 생각했다.

　생리를 겪어보지 못한 남자들로선 생리란 것에 대한 막연한 환상을 갖고 대충 그럴 것이라고 생각하는 게 다였으니 말이다.

그건 평소 똑똑한 척, 잘난 척하던 박성빈도 마찬가지
였다.

그 역시도 여자가 아닌 다음에야 정확한건 알 수가 없
었다.

박성빈은 수업이 시작하기 전 휴대전화로 정찬수에게
메시지를 보냈다.

[니가 보기에 저년 생리 같냐?]

[그게 아니라면 저게 말이 되냐?]

정찬수의 대답은 즉답이었다.

[그런데… 그게 아닌 것도 같단 말이지.]

[……그게 아니면 뭔데?]

[뭐, 잘 모를 땐… 직접 확인해 보는 게 좋겠지.]

메시지를 보내며 의뭉스러운 웃음을 짓는 박성빈을 보
면서 정찬수가 고개를 갸웃거렸다.

그런 박찬수의 모습이 우습다는 듯이 한번 씨익 웃어준
박성빈은 다시 한 번 정찬수에게 문자를 보냈다.

[오늘 끝나고… 이성희랑 김현우 데리고 같이 하교하자
고. 직.접. 확.인.하.게.]

"……."

씨익–.

박성빈의 메시지를 본 정찬수가 느물거리는 웃음을 지

으며 박성빈에게 답장했다.

[넌 정말 나쁜 놈이야.]

이제 곧 시작될 수업을 준비하는 이성희의 등 뒤로 각기 다른 세 남자의 시선이 교차했다.

6.
등장

오후 수업과 보충수업이 모두 끝나고 난 하굣길.

현우는 의외로 평화로운 하루를 보냈음에 의심을 품고 있었다.

점심시간의 사건을 이후로 박성빈 패거리 중 누구도 현우에게 접근하지 않았고 그런 박성빈 패거리의 분위기에 휩쓸리는 건지 오후 내내 반의 그 누구도 현우한테 시비를 걸거나 하는 일이 없었다.

그래서 오히려 불안했다.

차라리 제대로 난장판이 벌어졌으면, 혹은 쉬는 시간마다 시비를 걸러 왔다면 이렇게 기분이 싱숭생숭하지는 않앉을 것이다.

하지만 예상치 못한 이유로, 생각지도 않게 괴롭힘에서 벗어나니 도저히 말로 형용하기 힘든 불안감이 자꾸 몸을 덮쳐 왔다.

그리고 그런 예감은 정확히 적중했다.

"야, 김현우! 이리 와라."

'역시 이렇게 되는 건가.'

학교 수업이 다 끝나고 딱히 바쁠 게 없는 현우가 느지막이 학교를 나섰는데도 불구하고 학교 정문엔 박성빈과 정찬수가 떡하니 기다리고 있었다.

뿐만 아니라 박성빈의 손엔 소매가 잡혀 이러지도 저러지도 못하고 있는 이성희도 있었다.

그런 모습에 현우의 눈살이 절로 찌푸려졌다.

저들이 현우를 기다리고 있었다는 이유가 아니라, 여전히 이유는 알 수 없지만, 현우를 도와준 탓에 저들에게 잡혀 있는 이성희의 모습이 눈에 거슬린 탓이었다.

'안 되겠군. 오늘 녀석들 버릇을 고쳐놓는 수밖에.'

순식간에 머릿속으로 4클래스까지의 수많은 마법들이 스쳐 지나갔다.

물론 갑자기 저 둘을 없애버린다면 현우 자신이 첫 번째 용의자가 될 게 뻔하니 직접적인 피해를 주는 마법보단 흔적이 남지 않는 마법들을 사용해 사고로 위장하여 한동안 학교에 나오기 힘들게 할 생각이었다.

"따라와라."

따라오라는 한 마디와 함께 뒤돌아 어디론가 향하는 박성빈을 보면서 현우는 느긋하게 그 뒤를 따르기 시작했다.

하지만 그런 현우의 느긋함이 마음에 들지 않는지 현우의 퇴로를 막듯 뒤에서 걸어오던 정찬수가 현우의 어깨를 잡아 밀었다.

턱!

"야, 새꺄. 빨리 안 가?"

안절부절.

그 목소리를 들은 것일까?

앞서 박성빈과 걸어가던 이성희는 뒤를 돌아보며 안절부절못하며 두려워했고 그 모습을 정찬수의 위협 때문이라 오해한 현우는 비록 비루한 몰골으로나마 안심시킬 생각으로 이성희를 향해 씨익 웃어줬다.

그러자.

부르르르.

몸을 잘게 떨며 오히려 박성빈 옆에 딱 달라붙어 걸어가기 시작했다.

"......"

'음… 여자는 역시 알 수가 없군.'

대언령사로 드래곤과 마법 대결을 펼치던 그에게도 여자는 어려운 존재였다.

그리고 앞서 가던 박성빈은…….

'이년이 왜 이래?'

조금 전까지 무섭다는 듯 멀찍이 떨어져 걷던 이성희가 오히려 자신의 팔에 달라붙자 묘한 기분이 들었다.

그리고 아까 교실에서보다도 더 기분 나쁜 미소를 지으며 생각했다.

'이년 이거… 한번 쓰고 버릴 건 아닌가 본데? 잘만 하면 강제로 안 해도…….'

박성빈은 아랫도리가 뿌듯해짐을 느끼며 미리 정해둔 장소를 향해 걸음을 빨리했다.

*　　　*　　　*

현우들이 지나간 길목 전봇대 그림자에서 불쑥, 양복을 입은 남자가 튀어나왔다.

아니, 그림자에서 튀어나왔다기보다는 마치 본래 거기에 있었던 것처럼 그 자리에 생겨났다.

그는 현우들이 지나간 길을 쓱 쳐다보면서 멀리 보이는

현우와 이성희를 주시했다.

'어딜 가는 거지?'

학교 수업이 끝났다면 학생은 응당 집이나 학원으로 가기 마련이었다.

물론 여러 가지 일탈 행위를 하는 학생들은 있기 마련이지만 최소한 그가 조사한 두 학생, 김현우와 이성희는 학원을 다니지도, 딱히 일탈 행위를 즐길 만한 학생도 아니었다.

뿐만 아니라 조사 내용에 따르면 이 둘 모두 하교할 때 무리지어 하교하는 학생들이 전혀 아니었다.

사실상 학교 공인 왕따인 현우는 두말할 것도 없고 집과 학교가 꽤 먼 데다 이른 바 '못사는 동네'의 학생인 이성희는 친구들과 집에 가는 것을 꺼렸다.

그런데 이례적으로 그 둘 모두가, 그것도 한 무리에 속해서 어디론가 가고 있는 것이었다.

'이럴 줄 알았으면 주변 녀석들에 대해서도 조사해 둘 걸 그랬군.'

철저함을 중시하는 그에게 있어서 무엇을 준비하는 것은 당연한 일이었지만, 이번 일은 호기심에 마음이 급하기도 했고 스스로의 능력에 자신 있던 만큼 주요 인물 둘만을 조사 하고 곧장 이곳으로 온 탓에 준비가 꽤 미흡한 상태였다.

'뭐… 그렇다고 크게 걱정되는 건 아니지만.'

앞서 말한 바대로 그는 자신의 실력에 충분히 자신이 있었다.

어떤 경우가 닥쳐도 그를 곤란하게 할 수는 없으리라.

하지만 그럼에도 불구하고 조사가 완벽하지 못한 것이 그는 못내 아쉬웠다.

주변 녀석들이 누구인지 알고 녀석들과 무슨 관계인지 정확히 안다면 지금처럼 정처 없이 따라가는 일은 없었을 테니 말이다.

'저 녀석들이 갑자기 외딴 곳으로 가지 않는 다음에 야… 나서는 건 좀 기다려야겠군.'

어쩔 수 없다는 듯 작게 한숨 쉰 남자는 품속에서 선글라스를 꺼내 쓰며 다시 공기 중에 녹아들 듯 자리에서 없어졌다.

의외로 그가 원하는 순간이 빨리 올 것이라는 건 모른 채.

*   *   *

현우들은 계속해서 걸었다.

학교 정문을 나선 지 거의 30분은 된 거 같은데 목적지는 아직도 먼 것인지 박성빈은 걷기만 했고 서로 간에 대화가 필요한 사이가 아닌 만큼 오고가는 대화도 없었다.

그러다 마침내.

근처 아파트 단지의 재건축 현장에 도착했다.

본래대로라면 철제 펜스로 높다란 담벼락과 중장비 커다란 문이 잠긴 모습이어야 할 테지만 어떻게 된 것인지 지금 현우네가 도착한 곳은 그런 게 없었다.

아니, 정확히는 현우네가 들어온 곳 반대편은 높다란 펜스가 잔뜩 서있는 것으로 보아 이곳이 조금 특별한 곳이거나 아직 펜스가 설치가 안 된 것이 분명했다.

'전형적인 양아치들 놀이터군.'

여기저기 널브러진 건축물 잔해들과 아마도 사무실로 이용하기 위해 갖다 놓은 듯한 컨테이너박스 몇 개가 눈에 띄는 이곳엔 이미 누군가 놀고 갔다는 듯 다 마신 술병들과 안주로 추정되는 과자 봉지들이 곳곳에 널브러져 있었다.

박성빈은 그런 광경은 익숙하다는 듯 주변 모습엔 눈길 한번 안 주고 그중 가장 안쪽, 바깥과는 가장 멀리 떨어진 컨테이너로 모두를 안내했다.

순서대로 박성빈, 이성희, 현우가 안에 들어가자……

쾅!

"크흐흐흐… 이젠 아무도 못 나가."

가장 마지막에 따라 들어온 정찬수가 컨테이너의 문을
쾅 닫으며 중얼거렸다.

'여태 저걸 하려고 맨 뒤에서 따라온 건가?'

컨테이너의 문은 일부러 그런 것인지 문손잡이가 빠져
있어서 잠기지 않았지만 정찬수가 막고 있는 이상 힘으로
뚫고 나가긴 요원해 보였다.

'딱히 힘으로 뚫고 나갈 생각은 없지만… 사고로 위장
하려면 바깥이 좋을 거 같은데.'

처음부터 이들을 사고로 위장해 혼내줄 생각이었던 만
큼 현우는 이런 공사장으로 온 게 내심 반갑던 참이었다.

하지만 막상 컨테이너 안에 들어와 보니 컨테이너 내부
는 바깥과 달리 생각 외로 별다른 게 없었다.

고작해야 토막 난 나무들과 양동이 정도.

가장 쓸 만해 보이는 건 지금 박성빈이 앉아 있는 사무
용 책상 정도가 다였다.

'음… 마법으로 넘어뜨린다고 해도 저만한 것에 얼마나
다칠지도 의문이고… 두 녀석 다 책상에 들이받는 상황
같은 건 누가 봐도 부자연스럽겠지?'

현우는 생각처럼 풀리지 않는 상황에 이럴 줄 알았다면
오는 길에 뼈대가 세워진 건물에서 연장이라도 하나 떨어

뜨릴 걸 그랬다며 후회했지만, 후회는 아무리 빨라도 늦은 법이었다.

그렇게 현우가 이런저런 생각을 하는 사이, 현우를 빼고 이야기는 착착 진행되고 있었다.

"그래… 이성희… 오늘 일 말인데."

박성빈이 가볍게 운을 떼자 이성희는 기다렸다는 듯 대답했다.

"아! 그, 그게……! 그… 내 말뜻은 이제 친구들이랑… 그, 아무래도… 사이좋게 지내는 게 좋겠다 싶어서……."

"푸흡!"

이성희의 말 중 친구라는 대목에서 문 앞에 멀뚱히 서 있던 정찬수가 풋, 하고 웃음을 뱉어냈지만 이내 박성빈이 슬쩍 눈치를 주자 헛기침을 하며 잠잠해졌다.

"새꺄, 뭘 봐!"

빡!

"아앗! 그, 그런… 때리는 건……!"

박성빈의 눈치를 보는 정찬수를 한심하게 바라보던 나를 본 정찬수가 욕설을 내뱉으며 내 머리를 때리자 화들짝 놀란 이성희가 주춤주춤 현우의 곁으로 갔다.

그런 이성희의 모습을 보며 박성빈의 눈썹이 가운데로 모였지만 어두운 컨테이너 안이기도 하고 모두의 시선이 현우 쪽으로 몰려 있어 그걸 본 사람은 아무도 없었다.

"그래… 정말 그것뿐이야?"

다시 한 번 박성빈의 입이 열렸다.

"……응?"

이성희의 반문에 박성빈이 부드러운 미소를 지어 보이며 다시 한 번, 차근차근 이성희에게 물었다.

"오늘… 네 모습을 보건대 김현우… 저 녀석과 특별한 관계가 있는 건 아닌가 싶어서 말이지."

"……특별한 관계?"

언뜻 박성빈의 말이 이해가 되지 않는다는 듯 고개를 모로 눕히던 이성희는 이내 의미를 파악했다는 듯 얼굴을 붉히며 전력을 다해 부정했다.

도리도리-.

"아, 아냐! 절대 아냐! 나, 나는 오히려……!"

어두컴컴한 이곳에서도 붉어진 게 느껴질 만큼 얼굴이 새빨개진 이성희를 보면서 박성빈은 슬쩍 만족스러운 웃음을 지었다.

그러곤 곧장 이성희에게 물었다.

"그래, 그렇다면… 오늘 일은 단순히 변덕이란 말이지? 그렇다면… 오늘 저 버릇없는 녀석 버릇 고쳐놓는 데 동의하는 거지?"

"어? 아, 아니 그건⋯⋯."

"성희야, 나도 가끔 그런 날이 있어 괜히 갑자기 짜증나고 화나고⋯ 이상한데 화풀이하게 되고, 그런데 그런게 본심은 아니잖아? 네 맘은 다 알아. 그때도 충동적으로 덜컥 일어났는데 분위기 때문에 그런 거잖아? 주변 보는 눈도 있고⋯ 그런데 지금 여기엔⋯ 우리밖에 없어. 눈치 볼 필요 없다는 말이지."

흠칫!

박성빈의 말 중 여기엔 우리밖엔 없다는 대목에서 잠시 몸을 떤 이성희였지만 이내 침착한 모습으로 돌아왔다.

"그, 그래도⋯ 그래도 안 돼. 치⋯ 친구를 괴롭히는 건 절대로⋯⋯."

그녀 자신은 모두를 살리기 위해 그러는 것인데, 왜 다들 자신을 몰라주는 걸까.

이성희는 진심을 몰라주는 박성빈의 태도에 답답해졌다.

물론 현우가 손가락 까딱하면 이곳의 모두를 흔적도 없이 태워 버릴 수 있는 마법사라는 걸 아는 건, 현우 본인과 이성희뿐이긴 했다.

하지만 이성희가 평소 안 하던 짓을 하면서 이렇게 극구 반대하는 모습을 보면 조금은 눈치챌 법도 하건만 박성빈은 물론 뒤에 있는 정찬수도 전혀 동의하는 분위기가 아니었다.

이성희는 남자애들의 눈치 없음을 탓했지만⋯ 사실 이곳에서 가장 눈치 없는 건 이성희라고 할 수 있었다.

'이놈들 눈치를 보아하니⋯ 어차피 지네들 뜻을 굽힐 생각은 없어 보여⋯. 이성희가 험한 꼴 겪기 전에 처리하는 게 좋을 거 같긴 한데⋯⋯.'

녀석들의 욕심에 찌든 눈을 본 현우는 녀석들의 목적을 단숨에 파악 할 수 있었고 이대로 있다간 꽤 위험한 상황이 생길지도 모른다는 확신이 들었다.

하지만 여전히 이곳엔 마땅히 쓸 만한 물건도 없었고 무언가 격렬한 해프닝을 만들기엔 앉아 있는 박성빈은 물론이고 뒤에선 정찬수도 전혀 움직이질 않고 있었다.

'어차피 어떻게든 일이 벌어지려면 녀석들도 움직일 수밖에 없을 터. 기다리는 수밖에⋯⋯.'

결국엔 오게 될 그 순간을 노리며 현우는 차분히, 둘의 대화를 더 지켜보았다.

"그러니까⋯ 우리가 저 녀석을 다시 고분고분하게 만드는 것에 대해서⋯ 동의할 수 없다 이거지?"

⋯⋯끄덕.

이성희는 조용히 고개를 끄덕였고 박성빈은 허탈한 너

털웃음을 지었다.

"하하……."

그러곤 지금까지의 부드러운 얼굴과는 완전히 다른 얼굴로 이성희를 노려보며 말했다.

"그래? 하지만 네 말이 진실이라곤 믿기지 않아. 넌 여태껏 저 녀석을 무시해 왔잖아? 이제 와서 그럴 이유가 없을 거 같은데… 게다가 뭔가 관계가 있는 것도 아니고 말이야."

"……."

이에 대해선 따로 말할 바가 없는 이성희였다.

그녀가 조용히 입을 다물고 있는 것을 만족스럽게 지켜본 박성빈이 말을 이었다.

"그래서 말이지… 나는 네가 오늘 '평소랑 다른 무언가' 때문에 신경이 예민한 탓이라고 생각해. 그리고… '그것' 때문에 제대로 진실된 말이 안 나온다고 생각하는 중이야."

"무슨……?"

의문스러운 표정을 짓는 이성희를 보면서 박성빈이 이번엔 아주 징그럽게 웃어 보였다.

씨이익-.

"증명해봐."

"……에?"

"네 말이 진정 진심으로 하는 말이라면… 증명해봐."

"그… 어떻게……?"

"후후…….".

의뭉스러운 웃음을 짓는 박성빈을 보며 당황해 하는 이성희였지만 떠오르는 건 없는지 그저 발만 동동 구를 뿐이었다.

이런 모습을 뒤에서 지켜보던 정찬수가 조금은 답답하다는 듯이, 그리고 음흉한 목소리로 말했다.

"성빈이는 말이야, 니가 오늘 생리를 하고 있다고 생각하는 거야."

"새, 생… 그! 그게 무슨!"

"그러니까 너는 오늘 니가 생리를 하는 게 아니란 걸 증명하면 되는 거야! 여자들은 생리 때면 정신이 나간다고 하잖아? 그런데 니가 오늘 생리를 하는 게 아니라면 니가 한 말은 진심이겠지?"

느물거리는 정찬수의 말에 박성빈이 거들었다.

"그래 맞아. 만약 네가 정말 진심으로 너의 '친구'가 걱정돼서 하는 말이라면… 나는 저 녀석한테 손대지 않을게."

"……정말?"

이들의 싸움을 말리고 누군가 죽는 걸… 특히나 그중에서도 박성빈이 죽는 걸 막기 위해 이곳까지 온 그녀에겐 솔깃한 제안이었다.

하지만.

"그런데… 어떻게… 그걸… 알려줘?"

"그야 간단하지. 팬티를 벗어."

"……뭐?!"

너무나 당연하다는 듯 말하는 박성빈의 말에 경악성을 내뱉은 이성희였지만 이내 뒤편에서 박성빈의 말에 동조하는 목소리가 들려와 그녀의 목소리를 묻어버렸다.

"당연한 거 아니야? 니가 생리대를 차고 있으면 생리를 하는 것이고, 생리대가 없다면 생리를 안 하는 거잖아? 안 그래?"

"그, 그런 말도 안 되는……."

"왜 말이 안 돼? 이것보다 확실한 방법이 있나?"

"……."

확실히 지금 당장 이곳에서 증명을 하라고 한다면… 그 것밖엔 답이 없었다.

이성희는 내심 차라리 병원을 가자고 하고 싶었지만… 만약 그럴 생각이 있었다면 박성빈이 이곳으로 데려오지도 않았을 것이다.

그래서… 이성희는 결심했다.

'그래… 팬티… 조금 보여주는 걸로 죽는 걸 막을 수 있다면… 그리고… 성빈이한테만이라면……'

"그… 그럼 성빈이한테만……."

"무슨 소리! 여기 나도 있다고! 나라고 이 자식 안 패버리고 싶은 줄 알아?!"

수치스러움에 줄어든 목소리가 모기 날갯짓 소리처럼 작았지만 그녀의 말에 귀 기울이고 있던 정찬수는 똑똑히 들을 수 있었고 곧장 반박했다.

'……정찬수한테도……?'

과연 그럴 수 있을까?

애당초 여기에 온 것도, 이런 결심을 한 것도 모두 성빈을 위한 일이었다.

정말 솔직히, 정말로 솔직한 심정만을 말하자면 정찬수 정도는 어떻게 되든 알 바 아니었다.

아니, 오히려 박성빈을 안 좋은 길로 '이끄는' 정찬수는 없어지는 편이 좋았다.

하지만… 지금 상황에서 그럴 수는 없는 노릇.

결국 그녀는 스스로 합리화하기로 했다.

'모두 보이는 것도 아니고 벗은 속옷을 보여주는 정도라면… 그 정도라면……'

그리고 설마하니 이 이상의 무언가를 당하기야 하겠는가 하는 심정에서였다.

그렇게 결국. 그녀의 손이 치마 밑, 양옆으로 들어갔다.

그 순간.

빠드득―.

이가 갈리는 흉험한 소리에 이성희의 시선이 뒤로 향했다.

그곳엔 어느새 끓려 놓았는지 무릎 꿇고 앉은 현우가 있었다.

그리고 이 갈리는 소리는 그런 현우에게서 난 소리였다.

'저 애 입장에서 보면… 내가 자기 때문에 희생하는 모습이니… 화가 날 법도 하지.'

잠시 현우의 분노에 찬 눈을 마주한 이성희는 이내 손길을 빨리했다.

이왕 이렇게 된 거 빨리 끝내자는 생각도 있었고, 조금 전 현우의 눈을 보건대 당장에라도 폭발해 이곳을 불바다로 만든다고 해도 이상하지 않을 것 같았기 때문이었다.

스르륵―.

조용하고 어두컴컴한 컨테이너 안에, 스르륵 얇은 천 조각이 흐르는 소리가 들렸고 이내 이성희의 가느다란 손에 새하얀 순백의 천 조각이 걸렸다.

"흐으음~ 팬티 안쪽을 보여주겠어?"

"……"

수치심으로 벌게진 얼굴 어디에 더 달아오를 곳이 남았
었는지 좀 전보다 훨씬 빨개진 얼굴로 이성희는 손에 든
옷감을 벌려 안쪽을 확인시켜 줬다.

생리대도, 생리의 흔적도 없다는 걸 확실히 보여준 셈
이었다.

"이… 이제 됐지? 그, 그만 괴롭히는 거야?"

이성희는 박성빈을 향해 그렇게 외쳤고 이내 현우에게
돌아서며 말했다.

"너, 너도 이제 가… 아니! 같이 가자."

그렇게 말하며 현우의 어깨를 잡아가는 이성희였지만
그 행동은 끝까지 가지 못했다.

덥석!

"어딜! 아직 확인이 덜 됐다고."

"이익… 방금 성빈이가 제대로 다 확인했어!"

정찬수의 손에 반대로 손목이 붙잡힌 이성희가 팔을 흔
들며 반항해 봤지만 그렇다고 정찬수의 억센 손아귀를 벗
어날 수는 없었다.

"하지만 진짜로 아직 다 확인 못했는걸~?"

느물거리는 말투를 하며 손목이 잡힌 이성희를 확 잡아

당기자 이성희의 작은 몸이 단숨에 정찬수의 품으로 빨려 들어갔다.

하지만 이성희도 바보는 아닌지라 질색을 하며 정찬수를 밀쳐 냈다. 그렇지만 이성희의 온 힘을 다한 반항도 정찬수의 품에 안기는 걸 막았을 뿐, 잡힌 손목을 빼낼 수는 없었다.

"크, 앙탈이 심하네."

"이익……! 자! 봐! 보라고! 아무것도 없어!"

획!

결국 손에 쥐고 있던 천 조각을 컨테이너 바닥에 집어 던진 이성희는 정찬수에게 확인하라고 재촉했지만 정찬수는 그런 것엔 관심 없다는 듯 예의 느물거리는 말투로 다시 말했다.

"아니, 아니. 내가 확인하려는 건 그게 아니야. 여자들 생리대가 붙이는 것만 있는 건 아니잖아? 그 외에, 탐폰…이라던가?"

탐폰이라 하면 여성의 몸에 직접 넣어 사용하는 생리대를 말하는 것이었다.

그리고 이걸 확인하는 방법은…….

"너……! 너! 미쳤어!"

"엉? 그럴 리가! 지극히 정상이라고, 확실한 확인을 위해서 그 정돈 당연하잖아?"

"까아악! 이거 놔! 살려줘! 도와줘, 성빈아!"

갑자기 박성빈을 찾는 이성희의 말에 멀뚱히 둘의 싸움을 지켜보던 박성빈이 눈을 동그랗게 뜨며 손가락을 들어 자신을 가리켰다.

지금 자신을 부른 게 맞느냐는 의미였다.

그리고 그런 모습을 보며 현우는 내심 혀를 찼다.

'멍청하긴, 도와줄 것 같았으면 그런 상황이 오기 전에 이미 자리에서 엉덩일 떼고 일어났겠지!'

박성빈은 그런 현우의 기대를 저버리지 않고 자리에 앉은 그대로 입을 열었다.

"성희야, 우리 약속했잖아? 제대로 확인만 되면 보내준다고 말야. 그리고… 찬수는 그걸 제대로 확인하려고 하는 거 같은데?"

"이… 이이 나쁜……!"

주르륵―.

믿었던 이에게 배신당하고, 설마 하던 일이 벌어지게 되자 여태껏 참았던 눈물이 주르륵 흘러내렸다.

"크크큭! 그리고 혹시 잊어버리고 안 하고 온 걸 수도 있으니까… 직접 보고, 또 다른 여러 방법으로도 확인을 해보는 게 좋겠지!"

"개새끼들… 개새끼들아!"

이성희는 눈물을 줄줄 흘리면서 박성빈과 정찬수를 향해 거침없이 욕설을 내뱉었다.

하지만 그런 그녀의 모습에도 그들은 아무런 감흥이 없다는 듯 욕망에 가득 찬 시선을 이성희에게 보낼 뿐이었다.

＊　　　　＊　　　　＊

'제발… 제발… 구해줘……!'

이성희의 시선이 현우를 향했다.

눈물 가득한 눈 너머로 보이는 이성희의 구조신호를 현우는 확실히 받았다.

하지만 움직이지는 않았다.

현우에겐 보다 확실한 타이밍이 필요했다.

현우는 때를 기다리고 있었다.

하지만 자리에서 가만히 기다리는 현우의 모습에 이성희는 절망했다.

'설마… 마법사가 아니었던 거야?'

이들을 물리칠 수만 있다면 현우가 마법을 써줬으면 좋겠다고 속으로 간절히 빌고 있던 이성희였다. 그리고 마지막 희망을 담아 현우를 바라본 것이었다.

며칠 전 보았던 그 마법사라면… 현우가 그 마법사라면 지금 같은 상황에 당연히 분노하고 이 둘을 그때의 불꽃으로 죽이리라 믿어 의심치 않았다.

그렇지만… 그녀의 믿음은 다시 한 번 깨어졌다.

마지막 보루였던 현우는 움직이지 않았고 지금 그녀는 정찬수의 징그러운 손이 그녀의 치마를 들추려 용쓰는 걸 느끼고 있었다.

아마 그녀가 지금 온 힘을 다하고 있는 게 아니라면 이미 이보다 더 심한 꼴을 당했으리라.

'그치만… 그것도 이젠…….'

이성희로선 정찬수의 힘을 당해낼 방법이 없었다.

이 이상 심한 꼴을 당하는 것도 시간문제라고 생각했다.

너무도 절망적이었다.

현우가 마법사가 아니라고 생각하고 보니 여태껏 자신이 해온 행동이 너무나 바보같이 느껴졌다.

이들은 처음부터 죽을 일이 없었던 것이다.

처음부터 현우는 이들을 죽일 힘이 없었던 것이다.

그런데… 조금 전, 불과 몇 분 전 박성빈의 음흉한 진실을 알기 전까지만 해도 그토록 좋아했던 그가 혹여나 죽을까 봐 나섰던 행동이 모두 오지랖이었던 것이다.

주르륵― 주륵―

툭! 투둑!

얼굴을 타고 내려 턱에 고인 눈물들이 끊임없이 바닥에 떨어져 내렸다.

그 모습을 보고 박성빈이 자리에서 일어났다.

그리고 현우의 눈이 빛났다.

"이런, 이런. 그렇게 슬퍼만 할 게 아니라 좀 즐기는……."

슈슈슉!

찰나지간 현우의 손을 떠난 손바닥만 한 나무 파편이 박성빈이 내디딘 발밑으로 정확히 들어갔다.

조금 전 바닥에 무릎 꿇으며 몰래 챙긴 것이었다.

'하지만 이것만으로는 극적이지 못할 테지.'

나름 쓸 만하다고 생각하고 집어던지긴 했지만 그게 나무조각인 이상, 현우가 계획한 시나리오대로 거하게 넘어지진 않을 것이다.

'이제 마법을……!'

사물의 마찰계수를 0으로 만들어 버리는 1클래스의 마법 '그리스의 수식'이 순식간에 완성되고 목표를 향하려는 순간.

퍼억!

"크헉!"

"이 새끼가 어디서 개수작이야! 성빈아! 발 밑 조심해!"

기습적으로 날아든 발길질에 현우가 배를 움켜쥐고 앞으로 쓰러졌다.

덕분에 신중히 타이밍을 재고 있던 그리스는 허공에 흩어져 버렸다.

현우로선 재수가 없었고 박성빈은 운이 좋았다.

정찬수의 경고에 방금 바닥에 닿으려던 발을 다시 들어올린 박성빈은 자신이 밟으려던 자리에 있는 나무 조각을 보고 악귀 같은 얼굴이 되었다.

그러곤.

타다닷-!

뻐억!

"크흑!"

배를 움켜쥐고 있는 현우의 배 위로 거침없이 발길질을 날렸다.

분노한 박성빈이 도움닫기까지 해가면서 차올린 덕분에 배를 감싸고 있던 손이 허공으로 치솟았다.

그사이 지금껏 이성희를 주무르느라 정신없던 정찬수가 가세했다.

퍼억! 빠악! 퍽퍽!

교실에서와는 차원이 다른, 그야말로 분노에 가득 찬

주먹질과 발길질이 웅크린 현우의 등판에 무차별적으로 작렬했다.

도대체가 얼마나 온 힘을 다해 때리는지 그 파열음만으로도 현우가 이미 정상이 아님을 알 수 있었다.

실제로도 느닷없이 기습을 받은 탓에 아직 관조 상태에 들어가지 못한 현우는 고통을 그대로 감내하는 중이었다.

그러던 와중에 현우의 눈이 빛났다.

현우의 앙상한 두 팔이 각각 다리 하나씩을 잡았다.

"지금! 빨리 도망가!"

"이 새끼가!"

"이 새끼! 뒈지려고!"

자신에게 정신이 팔린 틈을 타 이성희를 도망치게 할 생각이었지만 역시나 힘의 차이 때문에 큰 시간은 벌지 못했다.

하지만 그사이 정신을 차린 이성희가 탈출을 시도했다.

'도망쳐! 너만 도망친다면……!'

마법으로 정리해 버릴 수 있으니까!

처음에는 녀석들을 간단히, 현우가 6클래스를 준비하는 몇 달간만 병상에 있게 만들 생각이었다.

그래서 마법으로 사고를 위장하고자 했던 것이었다.

하지만 녀석들의 행태를 보고 있노라니 현우는 도저히

그렇게 끝낼 수는 없었다.

최소한 반신불수, 아예 평생 침대 신세를 지게 만드는 게 사회를 위하는 길이라는 생각이 들었다.

게다가 자신이 마법에 당했다고 말도, 생각도 못하게 철저하게 부숴 놓을 생각이었다.

하지만 이 모든 건 목격자가 없어야 가능 한 일.

현우는 처음부터 이성희의 탈출을 목표로 움직이고 있었다.

"어딜……!"

덥석!

"까아아아악! 놔! 이거 놔!"

벌어놓은 시간이 워낙 짧기도 했고 정찬수의 대응이 워낙 빨랐던 탓에 이성희는 몇 걸음 못 가 정찬수에게 잡히고 말았다.

꼬집!

꽈악!

하지만 이성희, 그녀 역시도 필사적이었다.

정찬수의 머리며 팔뚝을 마구잡이고 잡아당겼고 손을 깨무는 등 정찬수의 손길을 벗어나기 위해 발악했다.

하지만 힘의 차이는 역력했다.

"으아아악! 이 미친년이!"

후웅~ 콰당탕!

"아아아악!"

이성희의 가소롭지만 짜증나는 반항에 이성희를 품에 안고 있던 정찬수는 이성희를 컨테이너 안쪽으로 집어던져 버렸다.

덕분에 허공을 날아간 이성희가 구석에 놓인 집기들과 부딪히며 요란한 소리가 났다.

퍽퍽!

"이익… 젠장!"

쏟아지는 주먹을 맞으며 이성희 쪽을 살피던 현우는 그녀의 탈출이 확실히 물 건너갔음을 알았다.

이성희가 위치한 곳이 문과는 완전히 동떨어진 반대편인 것도 있었고 이미 한번 탈출을 시도한 이상 녀석들이 경계를 늦추지 않을 것이기 때문이었다.

게다가.

저벅- 저벅-.

"이 씨벌년이! 감히 주제 모르고 대들어? 오늘 시발 몸으로 몽땅 갚아야 할 줄 알아라, 쌍년아!"

거친 욕설을 하며 이성희에게 다가가는 정찬수를 보면서 현우는 일단 이성희를 구해야겠다는 생각이 들었다.

그리고 이 이상 위험하게 된다면 이 컨테이너를 날려버

리는 한이 있더라도 마법을 써야겠다고 생각했다.

'최소한 대형마법의 폭발에 휘말리지 않게 하려면……!'

현우는 웅크려 있던 자세에서 옆으로 굴러 떨어져 내리는 주먹을 피해냈다.

요행에 가까운 수였지만 여태 한자리에서 맞고 있던 현우에 익숙해져 있었기에 피할 수 있었다. 박성빈의 주먹은 현우를 따라오지 못했고, 이에 곧장 분통을 터뜨렸다.

"이 자식이! 피해?!"

박성빈은 현우가 문으로 도망치리라 생각하고 재빨리 달려가 컨테이너의 문을 막았지만 현우는 그런 박성빈의 생각을 비웃기라도 하듯, 문이 난 곳의 정반대인 이성희가 쓰러져 있는 곳으로 달려갔다.

그러곤 정찬수를 지나쳐 그대로 이성희의 위로 엎어졌다.

"하이구? 아주 쌍으로 지랄이네."

그런 현우의 모습을 보면서 한마디 툭 내뱉은 정찬수는 눈짓으로 박성빈을 옆으로 부르고 각자 주변에 떨어져 있던 도움이 될 법한 연장들을 집어 들었다.

그러는 사이, 현우 밑에 깔린 이성희가 현우를 향해 마구 소리를 질렀다.

"야! 이 바보야! 빨리 도망가서 신고를 했어야지!"

"멍청아, 조용히 하고 가만히 있어."

'어……? 이건… 왠지…….'

이성희로선 정말 예상치 못하게 침착한 현우의 목소리였다.

게다가 그런 현우의 목소리를 듣자 어째선지 이런 위급한 와중에도 조금 마음이 놓이는 기분이었다.

그저 가만히 누워 위험을 기다리는 꼴임에도 어쩐지 이대로 있으면 모두 괜찮아질 것이라는 이상한 자신감이 생기기도 했다.

그렇게 이성희는 꿀 먹은 벙어리가 되어 조용히 현우 밑에 부동자세로 누워 있을 수 있었다.

물론 이 모든 건 현우의 말에 녹아있는 언령의 힘 탓이었지만 이성희가 그런 걸 알 리 만무했다.

그리고 그보다는 몸을 겹친 채 현우가 귓가에 속삭이는 소리에 더욱 집중했다.

"--! ---!! ----……."

난생처음 들어보는 언어에 이런 와중에도 눈을 동그랗게 뜨고 현우를 쳐다보던 이성희는 본능적으로 이제 곧, 무언가가 일어날 것임을 깨달았다.

그리고 마침내……!

"그만."

우뚝—!

멈칫!

"……."

"……."

낯설기 짝이 없는 목소리의 말 한마디에 컨테이너 안의 모든 게 거짓말처럼 멈춰 섰다.

각목 조각을 들고 가던 박성빈도.

책상 위에 굴러다니던 명패를 집어든 정찬수도.

그리고… 현우 밑에 깔린 이성희와 제대로 큰 한 방을 준비하며 주문을 외우고 있던 현우도…….

모든 게 멈춰버렸다.

＊　　　＊　　　＊

깔끔하게 차려입은 양복 차림의 남자는 허공에서 생겨나는 것처럼 점점이 나타나더니 이내 완전한 사람의 모습을 갖췄다.

그 신비한 등장에 모습에 모두의 시선이 모여 있던 찰나.

현우를 제외한 다른 이들은 그가 아무것도 없는 허공에

서 나타났다는 것에 놀라고 있었지만 현우만은 지금 이 순간, 자신의 행동이 제약 받았다는 것에 놀라고 있었다.

'……엄청난 언령……! 특별히 마법을 사용한 것 같지도 않은데 그저 한마디 말을 한 것만으로도 언령사인 나를 멈춰 세우다니.'

같은 언령사라면 상위의 언령사의 언령에 영향을 받는 건 당연지사.

이곳 세상은 잘 모르겠으나 현우가 알고 있는, 저쪽 세상에선 언령사란 존재는 흔한 게 아니었다.

전체 인구 중 극소수의 천재 마법사, 그런 천재들 중에서도 다시 한 번 걸러져 특별한 재능을 가지고 있는 이들만이 선택할 수 있는 길이 언령사였다.

물론 이뿐이라면 언령사는 지금보다는 조금 더 많았을 것이다.

그러나 문제는 언령이 일반 마법보다도 훨씬 어렵다는 데 있었다.

언령 마법은 마법을 만들어내고 발동시키는 말을 단련하는 만큼 보통의 마법보다 강한 힘을 갖지만 그만큼 관리하고 키우기도 힘든 힘이 언령이었다.

거기에 마법 발동 방식에 차이는 있지만 언령사도, 일반 마법사도 술식, 수식, 룬어, 주문을 공부해야 하는 건 당연지사.

확실한 힘을 보장하지만 언령사의 길은 너무도 험난했다.

그뿐이랴, 보통의 마법사들과 달리 본신의 마나보다 언령이 가지는 마나 지배력이 훨씬 중요한 언령사는 말실수 한 번에 일평생 쌓아온 걸 잃을 수도 있는 위험을 가지고 있었다.

마법적 위력만을 제외하곤 대부분이 페널티와 다름없는 언령사에 도전하는 사람은 극히 드물었다.

'비록 현재 마나 지배력은 4클래스 수준이라고 하지만… 보통 마법사를 기준으로 한다면 6클래스에 육박하는 언령 수준일 터…. 그런 나를 언령으로 눌렀다는 건 최소 7클래스 급이라는 건가?'

전에도 말한 바 있는 탈 인간의 경지 7클래스.

세상의 규칙을 다루고 새로운 개념을 창조해내는 신화적 존재였다.

'그런 인간이 왜 이런 곳에……'

현우가 그의 등장에 대해 의문을 품는 사이 양복의 남자는 자연스레 박성빈과 정찬수 사이를 걸어와 여전히 누워있고 엎어져 있는 두 사람에게 다가가 속닥였다.

아니, 정확히는 누워있는 이성희를 향해 질문했다.

"너는… 마법사를 목격한 적 있니?"

"……예?"

신비로운 남자의 등장에 여전히 넋이 나가있던 이성희는 남자의 질문을 잘 못 들었다는 듯이 반문했고 남자는 아차 싶다는 표정으로 다시 한 번 되물었다.

"이런, 질문을 정정하지. 너는 나를 제외한 '마법사'를 며칠 사이에 본 적 있니?"

단순한 질문, 하지만 그 속에 담긴 언령은 평범한 사람이 거부할 수 없는 미증유의 거력을 담고 있었다.

그리고 평범한 인간인 이성희는 당연하게도 격렬히 고개를 끄덕이는 것으로 대답했다.

씨익-.

"그래… 그렇다면……."

그런 이성희의 대답이 만족스럽다는 듯이 입꼬리를 늘리던 남자는 잠시 생각을 정리하는가 싶더니 또박또박 이성희에게 질문했다.

"네가 본… 자판기 앞에서 '불을 사용해 사람 둘을 죽인 마법사'는 이곳에 지금 너와 함께 있는 이 김현우니?"

흠칫!

혼자만 알고 있다고 생각한 사실을 생전 처음 보는 낯선이가 언급한 탓이었을까?

이성희의 몸이 크게 떨렸다.

그리고 그런 이성희의 반응을 밀착한 몸으로 느낀 현우는 숙련된 자기 통제로 내색하고 있진 않았지만 정말 크게 놀라고 있었다.

'설마……! 그때 목격자가 있었단 건가?'

이성희가 어디에 있었는지는 알 수 없지만 저런 질문을 받는다는 것은 분명 이성희가 그 자리에 있었다는 것이리라.

그리고 더욱 놀라운 사실은 완벽히 흔적을 남기지 않았다고 생각한 일을 추적해온 사람이 있다는 것이었다.

'말하는 걸 보건대… 좋은 뜻으로 찾아온 것 같지는 않은데 말이야…….'

법치국가인 한국에서 사람 둘이 죽고 그 살인 용의자라면 현우가 아직 어린 나이를 아무리 어필한다고 한들 크게 참작되지는 않을 것이다.

게다가 언령사로서 진실밖엔 말하지 못하는 페널티를 가진 현우는 그런 싸움에 철저히 불리할 수밖에 없었다.

'역시 대한민국… 치안제일 국가로군. 아무리 마법이 동원된 살인사건이라곤 하지만 자그마치 7클래스 마법사가 직접 나타나다니…….'

어쩐지 세상에 마법이 이렇게 많이 퍼졌는데 의외로 마

법을 이용한 범죄 뉴스 같은 게 없더라며 구시렁거리던 현우는 이미 자포자기한 심정이었다.

저 7클래스의 마법사가 현우에게 물어봐도 거부권이 없는 현우로선 끝장이었지만 사실 목격자인 이성희에게 물어본 것만으로도 이미 결과는 나와 있었으니 말이다.

물론 이성희가 현우를 못 알아봤을지도 모른다는, 일말의 가능성이 있지만 그렇다고 상황이 크게 달라지는 것도 아닐 뿐더러 거짓말로라도 현우란 사람을 안다면 그 특이한 외모를 알아보지 못했다는 건 말이 안 되는 일이었다.

"그건……."

이내 이성희의 입이 열리기 시작했다.

시한부 인생을 사는 듯 마음속의 카운트가 줄어드는 것을 느끼며 한숨을 쉬던 현우는 모든 걸 포기하고 지그시 눈을 감았다.

하지만 이어지는 이성희의 대답은 예상과 좀 다른 것이었다.

"……절대 김현우가 아니에요."

"……?"

의외의 대답인 탓에 현우가 눈을 동그랗게 뜨고 이성희를 쳐다봤지만 이성희도, 양복의 남자도 그런 현우의 반응은 신경도 쓰지 않는다는 듯 문답을 주고받았다.

"어째서 그렇게 생각하지?"

자신에게 던져진 양복 남자의 질문에, 이성희는 그의 눈을 똑바로 보며 말했다.

"그 남자는… 여기 김현우와 꽤 닮은 모습을 하고 있었지만… 분명 김현우는 아니에요. 그 마법사는 단호하고 과감하게 사람 둘을 흔적도 없이 죽여버렸어요. 비록 상대가 칼을 쥔 강도들이긴 했지만… 제가 그 일이 있은 뒤에 나름대로 알아본 마법들 중엔 그런 엄청난 불꽃을 만드는 마법사라면 얼마든지 그들을 죽이지 않고 제압할 방법이 있다고 했어요. 그런데도 불구하고 그렇게 잔인하게 사람을 죽였다는 건… 그리고 아무렇지도 않았다는 건 정말 무서운 사람이란 뜻일 거예요."

그렇게 말하며 고개를 살짝 돌려 현우를 마주본 이성희가 다시 대답을 이어갔다.

"이렇게 멍청하고, 미련하고, 둔하고, 답답하고, 결단력 없고, 우유부단하고, 약해빠진… 이런 남자랑은 확실히 다른 사람이죠."

하나하나가 현우를 찌르는 비수 같은 말들이었지만 마주본 눈빛이 진정으로 그렇게 생각하고 있음을 확인한 현우는 아무런 대꾸도 할 수 없었다.

아니, 사실 애당초 눈빛을 볼 것도 없었다. 7클래스 급 마법사의 언령에 홀려 대답하는 사람이 거짓을 말하고 있다고 생각할 수 없으니 말이다.

"……그렇군."

그녀의 대답에 납득했다는 듯 고개를 주억거리던 양복 남자가 이성희에게서 몇 걸음 멀어지며 중얼거렸다.

"역시… 다른 녀석이겠군."

이제 와서 하는 말이지만, 사실 양복 남자 역시도 그렇게 생각하고 있던 참이었다.

부하로부터 당시의 비정상적인 수치가 나열된 자료를 보고 받고 자판기 앞에서 일어난 사건에 대해 며칠간 조사했었다.

그 결과 그곳에서 상당히 강한 위력의 마법이 발동했고 그 결과 그곳에 투입되었던 업자 둘이 흔적도 없이 사라졌으며 수년을 기획했던 계획이 다시 몇 달이나 늦춰져 버렸다는 사실을 알 수 있었다.

7클래스의 뛰어난 마법사로서 완벽을 기하던 계획이 틀어진 것은 단순히 계획한 일의 실패를 떠나서 자존심에 상처가 되었다.

그때부터였다. 본래 지나간 일에 의미를 두는 타입이 아닌 그가 직접 범인을 찾아 나선 것은.

만약 찾아서 쓸모가 있다면 인력난을 해소할 겸 그 마

법사를 영입할 생각이었고, 만약 쓸모가 없다면 죽여서 화풀이용으로 사용할 생각이었다.

그런데 막상 주변 CCTV는 물론 마법까지 사용하여 추적하고 보니 용의자로 압축되는 건 단 두 명밖에 없었다.

바로 현우와 이성희.

하지만 아무리 조사해 봐도, 이 둘이 마법과 관련 있다는 얘기는 나오지 않았다.

김현우의 경우 특이하면서도 꽤나 심각한 정신병을 앓고 있다는 특이 사항이 있긴 했지만 그게 마법사란 증거가 될 순 없었고, 무엇보다 이들을 미행하며 확인한 김현우와 이성희의 보유 마나양은 둘 모두 평균을 조금 웃도는 수준이었다.

아마 이 둘이 마나를 한데 모아 마법을 쓴다고 해도 1클래스 마법 하나 쓰기도 벅차 보였다.

하지만 그런 남자도 모르는 게 있었다.

현우가 몸에 마나를 키우는 보통의 마법사가 아니라, 필요할 때 주변의 일정 영역을 지배하여 그곳의 마나로 마법을 사용하는 언령사라는 점이었다.

언령사들은 자신이 쌓아올린 언령으로 자신의 언령의 힘이 닿는 곳을 자신의 지배하에 넣고 그곳의 마나를 마음껏 사용하는 방식으로 마법을 사용했다.

보통 마법사들의 마법과 언령사의 마법의 위력 차이도 사실 여기서 기인하는 것이었다.

몸에 마나를 모아 써클로 만들어 필요할 때마다 마나를 꺼내 쓰는 마법은 마나를 사용할 때 몸에 부담을 주기 마련이었다. 하지만 몸에 부담이 없는 만큼 마법에 마나를 최대한 활용하는 언령사의 마법은 소모된 마나만큼이나 보통의 마법사에 비해 훨씬 강력할 수밖에 없었다.

물론 그만큼 앞서 언급한 많은 단점을 가지지만 말이다.

어쨌거나 현우가 언령사라는 것을 알기 전에는 보통 마법사인 그의 시각으로 현우의 정체를 파악할 수 없었다.

그럼에도 철저한 그의 성격은 만약에라도 현우가 연기를 하고 있는 것을 대비해 여태껏 이들을 미행하며 지켜봤지만.

계속해서 굴욕적인 모습만을 보여주고 끝끝내 마법을 사용하지 않는 현우의 모습에 결국 아니란 결론을 내린 것이었다.

하지만 이렇게 맥없이 추격을 마무리할 수는 없었기에 확실한 목격자인 이성희로부터 무언가 더 얻어낼 정보가 없을까 싶어 지금 이렇게 나서게 된 것이었다.

뿐만 아니라, 효율과 이성을 중시하는 마법사답게 이 둘의 위기를 이용해 최근 부진해진 실적을 올릴 생각이기도 했다.

"흠… 뭐 좋은 대답을 들었군. 그 마법사의 모습에 대해 그렇게나 선명하게 기억하고 있었다니… '수사'에 꽤 도움이 될 거다. 하지만… 둘 다 이 일에 대해 외부에 발설하는 일이 없어야 할 거야."

그렇게 말하며 눈을 번뜩이는 양복 남자의 말엔 언령에 의한 묘한 암시가 걸려있었기에 이성희는 저항 하지 못하고 고개를 끄덕였다.

그리고 현우는…….

'정말 무시무시한 언령이군……! 하마터면 대답할 뻔했어.'

암시에 걸린 척, 입으로 대답을 하는 대신 작게 고갯짓하는 것으로 대답을 대신했다.

'그나저나 두 명이라니…….'

현우는 남자의 말 중 문득 떠오르는 부분이 있었다.

이곳에 있는 인원은 남자를 포함 네 명, 그리고 조금 전 대화는 메시지 마법 같은 특수한 방법을 사용한 게 아니라 일반 육성을 통해 이어졌다.

즉, 현우와 이성희뿐 아니라 뒤에 있던 박성빈과 정찬수도 모두 들었다는 말이었다.

'그런데도 두 명을 언급한다? 살인 멸구할 셈인가?'

하지만 이런 현우의 생각을 비웃기라도 하듯, 양복의 남자가 조금 전 현우들과 대화하며 섰던 곳보다 딱 한 발자국이 더 멀어지자 현우는 여태껏 그들 주변에 무언가 장막이 존재하고 있었고 그 장막이 대화가 새어나가는 것을 막고 있었으며, 지금 그가 멀어지는 것을 기점으로 자연스레 사라지고 있다는 것을 깨달았다.

'…다른 마법사들이 나를 봤을 때 이런 심정이었을까?'

현재의 현우로선 꿈도 꾸지 못할 경이적인 마법 경지에 입가에 씁쓸한 미소를 지었다.

사실 마법적 지식은 현우가 압도하고 있을 게 뻔한 만큼 시간만 주어진다면 해결될 격차지만, 눈앞에서 자신보다 한참 상위에 있는 실력자를 만나고 그의 실력을 체험하고 보니 현우는 자신이 꽤나 자만하고 있었음을 깨달았다.

당장 오늘 일만 해도 그랬다.

현우는 스스로 죽음을 각오했기에, 죽음 이상의 것이 존재하지 않는 이상 두려울 게 없다고 생각하며 학교에 왔었다.

하지만 잘 생각해보니 현우는 단순히 죽음을 예약했기 때문에 두렵지 않은 게 아니었다.

얼마 전 3클래스 마법을 발동하여 사람을 단숨에 죽여버렸다는 경험, 이런 마법이 있다면 누구라도 두렵지 않다는 자신감, 그리고 그를 괴롭히는 이들을 여차하면 손봐 줄 수 있다는 영악한 생각이 있었기에 두렵지 않은 척할 수 있었던 것이다.

설명은 길었지만 한마디로 요약하자면 이거였다.

약자에게 강하다.

'나는 꽤나 혐오스러운 놈이었군.'

자신을 괴롭히는 이들과 같아지지 않기 위해 마법을 제한하고 폭력을 억제한다고 했었다.

하지만 애당초 그들을 밑으로 깔아보고 약자에게 아량을 베푸는 듯, 조롱하듯 무관심한 모습을 보였던 것은 그간 박성빈 패거리가 현우에게 해온 행위와 다를 게 없었다.

그들 역시도 전형적인 약자에게 강한 양아치들이었으니 말이다.

'나는… 멀었군. 정말 멀었어…. 수백 년 단련이 무용하다……!'

그렇게 현우가 자기혐오에 빠져 스스로를 비하하고 있는 사이.

애애앵!

바깥 공사장 쪽에서 요란한 사이렌 소리가 울려 퍼졌다.

조금 더 지나자 컨테이너의 문을 박차고 총까지 든 경찰 여럿이 뛰어들어 왔다.

그러곤… 들어온 자세 그대로 모두 멈칫했다.

연장을 꼬나 쥔 두 남학생과 만신창이의 모습으로 덮치듯 여학생을 가리고 있는 또 다른 남학생.

그리고 그 밑에 깔려 정자세로 누워 있는 여학생의 구도는… 아무리 경력 많은 형사들이라도 선뜻 이해하기 힘든 구도였으니 말이다.

그렇게 경찰이 혼란에 빠져있을 때 어느새 모습을 감췄었는지 현우들 앞에 나타났을 때처럼 스르륵 등장한 양복 남자는 그 놀라운 등장 방식에 경계하는 경찰들을 향해 손에 쥐고 있던 수첩의 한 면을 보여줬다.

처음에는 아무것도 없는 수첩이었지만 잠시 시간이 지나자 수첩 위로 선명한 글씨가 떠오르는가 싶더니 이내 홀로그램처럼 영어와 한국어를 비롯해 세계 각국의 언어로 적힌 신분 설명이 떠올랐다.

여전히 바닥에 엎드린 채로 있던 현우는 그 내용을 자세히 볼 순 없었지만 각국 언어로 동일하게 반복되는 요원이라는 단어와 룬 문자로 큼지막하게 적힌 한 단어만큼은 읽을 수 있었다.

[공인 5클래스]

'거짓말!'

6클래스 마스터라고 해도 믿어줄까 말까 한 판국에 5클래스라니.

사기나 다름없는 자격 증명용 신분증이었다.

물론 현우가 이곳 세상의 마법 수준을 알고 있었다면 7클래스라는 마법 수준이 얼마나 말도 안 되는 것이며 어찌보면 숨기는 게 맞는 일이라 생각했을지도 몰랐지만, 본인이 마법사이면서도 정작 이 세상의 마법사에 대해선 별 관심이 없는 현우는 아직까지도 그런 사실을 전혀 모르고 있었다.

물론… 조금 전을 기점으로 이 세상의 마법사에 대해서도 꽤나 흥미가 생기긴 했지만 말이다.

남자의 신분이 확인되자 남자를 향해 경례를 한 경찰들은 이내 그 남자로부터 사정청취를 듣기 시작했다.

사건의 피해자, 피의자 당사자들을 놔두고 목격자 진술부터 받아 적는 모습에 의구심이 들긴 했지만 양복의 남자는 어찌나 이 상황에 대해 잘 알고 있는 건지, 과연 현우가 설명했어도 저렇게 객관적이고 명확하게 상황을 설명할 수 있었을까 싶을 만큼 완벽한 설명을 해나갔다.

그렇게 처음 모습 그대로 멍하니 남자의 말을 듣고 있는 이때, 현우 밑에 깔려 있던 이성희가 말을 걸어왔다.

"그런데… 넌 언제까지 그러고 있을 셈이야?"

"그야 몸이… 웅? 아, 미안하다."

이성희의 질문에 당연하다는 듯 대꾸하려던 현우는 그의 밑에서 몸을 뒤트는 이성희를 보며 재빨리 자리에서 일어났다.

'대체 언제……'

현우의 몸이건만, 현우조차 의식하지 못하는 사이 몸의 마비는 풀려있었다.

여태껏 계속 감탄해왔지만 사실 지금까지의 마법 실력을 제쳐두고도 지금 몸의 주인조차 알지 못하는 사이 상대의 몸을 통제하는 언령의 힘만 봐도 저 남자가 가진 힘이 얼마나 대단한지 알 수 있었다.

그렇게 현우와 이성희가 움직이는 모습을 보며 여태껏 멀뚱히 서있던 박성빈과 정찬수 역시 놀란 모습으로 자신들의 몸을 조금씩 움직이고 있었다.

하지만 그것도 잠시, 한결 편하게, 경찰들 가까이에 선 둘과 달리 박성빈과 정찬수는 엉거주춤한 자세로 미묘하게 간격을 유지하며 서있게 되었다.

그도 그럴 것이 아직 수갑만 차지 않았다 뿐이지 그들은 사실상 체포된 상태나 마찬가지였으니 멀뚱히 서 있는다는 게 굉장히 어색할 수밖에 없었다.

게다가 피해자와 가해자가 서로 눈을 굴리며 마주하고 있는 데야… 그 어색함이 이루어 말로 표현할 수가 없을 정도였다.

결국 그 어색함을 이기지 못한 이성희가 먼저 입을 열었다.

"저기… 저는 나가 있어도 될까요?"

비록 미수로 그쳤지만 강간을 시도한 녀석들과 함께 있는 건 화가 나기도 하고 부담스러운 일이었으니 말이다.

그리고 그런 이성희의 목소리를 들은 경찰 한분이 이제야 떠올랐다는 듯 그녀에게 친절하게 말했다.

"아참! 학생은 피해자지! 미안해요! 그래, 고생했어요. 지금 바로 앞에 앰뷸런스랑 같이 왔으니 가서 진료 받고 아픈 데 약 같은 거 바르고 있어봐. 이것만 끝나면 저 녀석들 데리고 나갈 테니까."

범인들이 검거된 이상 본래대로라면 피해자들의 안전을 확보하고 그들이 힘들지 않게 이런저런 도움을 줘야 하는 게 경찰이 우선해야 할 일이었지만 남자의 생생한 이야기에 빠져든 경찰들은 자리를 도저히 벗어날 수가 없었다.

그도 그럴 것이 오늘 하루 현우들이 겪었던 이야기를 생생하게 전하는 남자가 워낙에 달변이기도 했거니와 7클래스에 달하는 언령의 힘이 그의 이야기에 어우러져 자연스레 경찰들이 본분을 잊을 만큼 매혹당한 상태였기 때문이었다.

현우는 그런 경찰들의 모습에 한편으론 이해하고 공감하면서도 경찰이 자신들이 최우선으로 해야 하는 일을 망각한 것에 대해 속으로 혀를 찼다.

그러다 이때.

현우는 컨테이너 바닥에서 눈에 띄는 물건을 발견하고 주워들었다.

그러곤 조금 전 이성희가 그랬던 것처럼 말하고 컨테이너 밖으로 나왔다.

답답하던 컨테이너 밖으로 나오니 어느새 세상은 아까보다 훨씬 깜깜한 저녁이 되어 있었다.

게다가 바뀐 것은 하늘의 색만이 아니라는 듯 공사장 펜스를 넘지 못한 저녁의 쌀쌀한 바람이 보기 민망할 정도로 깡마른 현우의 몸을 강타했다.

몸 자체가 외부의 무언가에 저항할 수 있는 요소가 하나도 없는 만큼 찬바람은 현우에게 아프게 다가왔다.

하지만 더 아픈 것은 따로 있었다.

후우우웅~!

펄럭~!

"……."

"……봤어?"

"음… 자, 이게 얼마나 보온 효과가 있을진 모르지만…
입어라."

순간 바람에 휘날려 완전히 뒤집히기 일보 직전까지 갔
던 치마 자락을 붙잡고 묻는 이성희의 말을 애써 무시하
며, 현우는 손에 쥔, 조금 전에 컨테이너에서 주워온 순백
의 천 조각을 내밀었다.

"바닥에 장시간 있었으니 위생상 문제가 있을지도 모르
지만… 일단 없는 것보단……."

짝!

"……나쁜 놈!"

"……."

찬바람에 볼이 언 탓인지 유달리 아프게 느껴지는 따귀
에 할 말을 잃은 현우는 자신이 준 팬티를 손에 쥐곤, 현
우를 가림막 삼아 재빨리 사람들이 안 보이는 곳으로 달려
가는 이성희를 멍하니 바라봤다.

그리고 그녀가 아슬아슬하게 사각지대에 들어서기 직
전.

휘이잉~!

펄럭! 펄럭!

"……."

"……"

홱!

홱!

마치 짠 것처럼 이성희의 시선이 그녀의 바로 뒤에 있던 현우를 향할 때, 현우의 고개 순식간에 돌아가며 멀리 떨어진 쓰레기를 응시했다.

……물론 현우의 경우 성능 나쁜 몸뚱이의 몸은 고개보다 훨씬 느려서, 몸은 이성희 쪽을 향하고 고개만 거의 부러질 듯 꺾어서 바닥의 쓰레기를 쳐다보는 기괴한 꼴이었지만 말이다.

그렇게 잠시간 의미 불명의 대치가 지나고 다시 몸을 돌려 사각지대로 숨어드는 이성희를 감지하면서 현우는 내심 안도의 한숨을 내쉬었다.

그리고 그런 현우의 등 뒤로 커다란 그늘이 졌다.

툭-!

흠칫!

현우는 자신의 어깨를 두드리는 생소한 감촉에 흠칫 놀라 어깨를 두드린 손을 찾았고 이내 그 손의 주인이 현우와 이성희를 구한 자칭 5클래스의 7클래스 대마법사라는 것을 깨달았다.

그 남자는 무언가 다 이해한다는 듯한 표정으로 처음으

로 현우가 보는 정면에서 씨익, 웃어 보였다.

그 딴엔 기분 좋다는 듯, 혹은 기분 좋아지라는 듯 웃은 것 같아 보였지만.

어째선지 현우는 그 웃음이 마치 놀리는 듯해 썩 유쾌해 보이지 않는 비틀린 웃음으로 보였다.

"......"

게다가 현우는 어째선지 그런 남자의 웃음이 익숙하다는 기분이 들었다.

아주 오래전… 어디선가 그런 걸 본 것만 같은, 마치 데자뷔 같은 그런 기묘한 기분이었다.

물론 그 남자가 가까이 있다는 것만으로도 불안해해야 하는 현우로선 내색할 수는 없었지만 말이다.

터덜터덜–.

그의 뒤편, 좀 떨어진 곳에선 수갑을 찬 교복차림의 남자 둘이 컨테이너에서 나와 경찰차로 향하고 있었다.

그들의 발걸음은 현우가 이전부터 오래도록 봐왔던 언제나 자신감이 과도하게 넘치던 녀석들의 발걸음이라고 생각 못할 만큼 한줌의 힘도 느껴지지 않았다.

'내일부턴… 조금 조용한 학교생활을 할 수 있겠군.'

오늘 점심때였던가.

그 일을 계기로 둘 중 하나가 학교에 안 나올 만한 핑계

가 생길 수도 있을 거라는 현우의 예상이 적중하는 순간이
었다.

휘영청 달이 밝았다.
며칠 전 보름달이 떴었는지 오늘은 상현달이었다.

＊　　　＊　　　＊

다음 날 아침.
현우는 멀쩡히 학교에 등교했다.
사실 딱히 멀쩡하지 않을 이유도 없었지만 언령으로 묶
인 바 있는 현우는 학교는 갈 수 있다면 가는 게 좋았다.
'이성희는 아무래도 안 나오겠지? 그런 일을 겪었으니
말이야.'
현우에 비한다면야 크게 다친 부분은 없었지만, 정신적
으로 많이 힘들었을 것이다.
아니, 여자의 몸으로 그런 일을 겪고도 멀쩡하다면 그
야말로 이상한 일일 것이다.
드르륵!
"안녕!"
"……이상한 거군."

"······그거 나한테 한 말이야?"

"······."

현우는 대꾸하지 않았다.

하지만 이성희는 알아들었다는 듯 활짝 갠 얼굴로 말했다.

"하긴, 너한테 인사를 하는 건 이상한 게 맞지."

"······."

현우가 생각했던 바와는 좀 다르지만 그녀의 말 자체는 맞는 것이었기에 현우는 부정하지도 긍정하지도 않았다.

이때, 그런 현우의 앞에 불쑥 이성희의 얼굴이 다가왔다.

"하지만 말이야!"

"······뭐냐."

깡마른 빈약한 손가락으로 그보다 몇 배는 커다란 이성희의 얼굴을 조심스레 밀어내는 현우는 이어지는 이성희의 말에 당황하지 않을 수 없었다.

"내가 강간당할 뻔한 위기에서 구해준 사람이 정신적으로 문제가 있다고 고작 아침 인사조차 하지 못한다면···그거야 말로 이상한 거 아니겠어?"

아무리 미수에 그쳤다지만 보통 피해자였던 사람이 저런 단어를 사건이 있은 지 하루 만에 저렇게 입에 올릴 수 있게 되는 게 정상일까. 현우는 고민했지만 사실 정상, 비정상을 따진다면 현우야 말로 자기 코가 석자였다.

"……정신적인 문제라."

딴엔 맞는 말이었다.

현우 스스로도 느끼기에 예전에 비해 기존의 칼롯 코즈너의 지식과 지혜를 흡수한 지금의 현우는 칼롯 코즈너 시절보다도 유(柔)해진 감이 있었다.

칼롯 코즈너는 상식이나 지식이란 부분에선 언제나 열린 생각을 가진 데 반해, 사람과의 관계에 있어선 맺고 끊음이 분명하다 못해 쌀쌀맞은 편에 속할 정도였으니 말이다.

'물론 그 당시 그렇게 하지 않았다면… 아마 모두 나를 같은 편으로 끌어들이기 위해 온갖 방법을 서슴지 않았을 테지.'

만약 칼롯 코즈너가 인간에게 관대하고 모두를 포용하는 너그러운 성격의 사람이었다면 아마 대륙 공인 절대무적의 전략병기인 그를 차지하기 위해 세계 각국에서 파견된 여자들을 모두 아내로 맞이하는 사태가 벌어졌을 것이다.

'뭐 지금도 그 생각은 크게 변하지 않았지만.'

사람과 사람이 만나 인간관계를 갖는 데는 서로 간의

필요에 의한 것이라 언제나 명확히 정의하는 현우였다.

최소한 현우의 주변 사람은 모두 그런 사람들이었으니 말이다.

칼롯 코즈너를 포함한 현우의 일생 속에서 유일하게 계약관계가 아닌 일방적인 지지와 사랑으로 맺어진 관계는 오직 그의 스승이었던 도나 코즈너뿐이었다.

그에게 칼롯 이란 이름을 주고 코즈너란 성을 물려준.

그의 단 하나뿐인 스승.

오직 그 한 사람뿐이었다.

'스승님……'

수백 년 세월 속 많은 것이 흐려졌지만 스승인 도나 코즈너의 인자한 웃음만은 여전히 생생하게 기억하는 현우였다.

바쁘고 혼란스러웠던 얼마간의 시간이 지나고 오랜만에 떠올리는 스승의 얼굴에 현우의 얼굴 위로 긴 호선이 그어졌다.

그렇게 현우가 딴 데 정신이 팔린 이때.

현우의 기다랗게 변한 입가로 손가락 하나가 다가와 현우의 오목한 볼을 폭 찔렀다.

"뭐, 뭐 하는 거냐!"

"에엥? 왜 그렇게 정색해? 얼굴 찌르는 건 싫어?"

천연덕스럽게 대꾸하는 이성희를 보면서 내심 한숨을
쉰 현우는 작게 중얼거렸다.

"보통은… 싫어하기 마련이야."

"헤에, 그렇구나. 근데, 근데! 있잖아! 무슨 생각을 그
렇게 하고 있던 거야? 왜 그렇게 변태처럼 씨익 웃고 있
었어?!"

현우의 대답은 아무런 상관없다는 듯 금세 자신의 관심
사로 넘어가는 이성희를 보며 뭐라 대꾸해야 할지 생각을
정리하던 현우는 이어지는 이성희의 말에 당혹스러움을
감추지 못했다.

"으응? 무슨 생각했어? 혹시… 그 생각?"

"그 생각?"

"그 왜 있잖아… 어젯밤에… 우리 둘이… 바람 부는 공
사장에서……."

"야, 야! 그게 무슨! 여자애가 못하는 말이 없어!"

현우의 당황하는 모습을 보며 이성희는 재밌다는 듯 짤
랑거리는 맑은 목소리로 깔깔 웃어 재꼈다.

그리고 이때쯤부터 교실로 반 애들이 쏟아져 들어오기
시작했다.

한창 등교가 절정에 이르는 시간인 탓이었다.

하지만 반에 수많은 이성희의 친구들이 들어참에도 불

구하고 그녀의 수다는 현우의 곁을 벗어나지 않았다.

게다가 평소보다도 훨씬 활기찬 모습을 하고 있으니 모두의 시선을 모으기에 충분했다.

평소라면 각자의 이야기로 왁자지껄, 웅성거렸을 교실이 이성희와 현우의 대화로 가득 찼다.

반 애들은 그런 둘의 대화에 조금씩 흥미를 갖고 조금씩 귀 기울였지만 조금씩 둘의 대화에 빠져들다가도 이내 정신을 차려 주변을 둘러보곤 했다.

비록 이야기를 엿듣는 것에 불과 했지만 현우 주변에 있다가 불똥이 튀는 경우는 부지기수였기에 나타나는 반응이었다.

그래서 반 애들은 당당히 현우와 대화를 하는, 아니 사실 일방적으로 수다를 떨고 있는 이성희를 보며 용기 있다 생각하면서도 한편으론 미련하다 생각하고 있었다.

아마 조금 뒤 '폭군'이 등교할 때가 된다면 현우도 그녀도 오늘 하루가 힘들어질 것임을 다른 아이들은 믿어 의심치 않았다.

하지만.

등교시간이 다 가도록 그들 위에 군림하던 폭군은 나타나지 않았다.

또한 그의 측근도 마찬가지였다.

둘이 같이 학교를 안 나왔으니 무언가 있으리라 예상하는 이들이 많았고 아침 조례가 시작할 때까지 속닥속닥 여러 가설들이 오고 갔지만 현우의 귀에 들려오는 것들 중 정답에 근접한 것은 하나도 없었다.

그렇게 시간은 흘러 마침내 조례시간이 되어 담임선생님이 들어왔다.

담임선생님은 들어오자마자 반의 두 명을 제외하고 모두가 궁금해하는 것부터 대답해 주었다.

"오늘부터… 성빈이와 찬수는 집안 사정으로 학교에 못 나오게 되었어요. 아마 둘 다 다른 학교로 전학 가게 될 것 같다고 해요. 갑자기 친구 두 명이 반에서 사라져서 혼란스러울 수도 있겠지만, 여러분 모두 흔들리지 말고 더욱 공부에 매진해서 모두 좋은 대학에서 같이 만나도록해요. 이상 조례 마칠게요. 반장, 오늘은 바쁘니 인사 생략하고 이따 수업준비 잘 해놓으세요."

그렇게 자신이 할 말만 투다다 쏟아내면서도 어째선지 반장인 이성희의 눈치를 보던 담임선생님은 말이 끝나기 무섭게 바쁜 걸음으로 교실을 빠져나가버렸다.

그리고 담임이 나가기 무섭게……

"후후후… 푸히히힛!"

이성희가 정말 대놓고, 무언가 알고 있다는 듯이, 그리고 말하고 싶어서 입이 근질거려 죽겠다는 표정으로 반의 친한 친구들을 둘러봤다.

그런 그녀의 모습에 순진한 꿀벌들이 꼬여든 건 당연지사.

적당히 관객을 모은 그녀의 입에서 좋은 일이라곤 없었던 어제의 무용담을 쏟아내기 시작했다.

"어제 말이야 학교 끝나고 집에 가는데 정문 앞에……!"

하굣길을 프롤로그로 시작된 무용담은 끝을 모르고 이어졌고 처음엔 그녀의 친한 친구들이 그녀 주변에 모여 들던 것에 반의 모두가 귀를 기울이기 시작했다.

이는 단순히 이 반을 뒤흔들던 폭군과 그의 측근에 대한 이야기가 궁금해서라기보다는 그녀의 말에 매료된 탓이 기도 했다.

그리고 그녀나 현우에게 있어 좋은 내용이라곤 하나도 없으면서도 모두의 귀를 모을 만큼 쓰잘머리 없이 신나던 이야기가 끝났다.

"와, 개새끼."

"그런 쓰레기 같은……!"

"그래서? 그래서 깜빵 갔어?"

"으휴, 어쩐지 너무 나댄다 싶었어! 지 아빠가 돈 좀 번다고 유세부리더니… 쯧쯧."

끊임없이 쏟아지는 비난들 속에서 눈치를 보던 본래 박성빈의 패거리로 활동하던 녀석들은 한참이나 기울은 여론을 보고 은근슬쩍 시류에 편승하기 시작했다.

"야, 니가 그렇게 말해도 돼?"

"걔 따까리였으면서."

물론 단숨에 면박을 당하긴 했지만 말이다.

그러는 사이 별생각 없이 노트를 펼쳐놓고 아직 개량이 덜된 6클래스 마나를 7클래스 급으로 증폭시켜주는 마법진의 수식들을 정리하고 있던 현우는 조금씩 따가워지기 시작하는 시선에 노트에서 눈을 떼고 천천히 주변을 둘러보기 시작했다.

그리고 이상함을 느꼈다.

평소라면 현우와 눈을 마주치자마자 고개를 돌렸을 반애들이 모두 현우를 똑바로 쳐다보고 있었던 것이다.

"……이게 무슨."

이성희의 이야기가 시작할 때쯤, 이미 아는 내용을 들을 필요 없다고 판단한 현우였기에 이야기를 전혀 듣지 않은 현우는 지금 무슨 일이 벌어지고 있는지 이해 할 수가 없었다.

사실 그도 그럴 것이 현우로선 반 인원 모두가 현우 자신을 주목할 만한 이유를 하나도 떠올릴 수가 없었기 때문이었다.

'내가 어제 일중에 한 거라곤 그냥 계속 맞는 것뿐이었는데… 그게 그렇게 주목받을 일인가?'

박성빈 패거리에 얻어맞던 일 자체가 일상이었던 만큼 현우로선 대단할 게 없는 내용이었다.

물론 실제로도 그런 이야기는 대단할 게 없는 게 맞았다.

하지만.

어제 대마법사의 언령으로 암시를 받은 이성희가 양복 남자의 출현을 없애고 그 공백을 메우기 위해 현우의 대활약상을 각색해 넣었다면 이야기가 달라졌다.

여자를 탈출시키기 위해 온몸을 던져 박성빈과 정찬수를 막아섰던 이야기나, 넘어져 위기에 처한 이성희를 몸으로 덮어 지켜준 것이나…. 실상은 모두 그냥 두드려 맞은 것뿐이던 것이 이성희의 입을 거치자 엄청난 활약상으로 바뀌어 있었다.

심지어 경찰에 신고를 한 것도 현우가 기지를 발휘해 컨테이너에서 여기저기로 물건을 집어던져 누군가의 신고를 유도한 것으로 되어 있었다.

그리고 이런 이야기는 당연히도 현우로선 금시초문이었

으니… 자신에게 몰려드는 기묘한 시선들을 이해할 수 없는 게 당연했다.

현우는 무언가를 갈구하는 듯 자신을 뚫어져라 쳐다보는 이들을 향해 어색하게 미소지어줬다.

여전히 기괴한 몰골만큼이나 기괴한 미소였다.

하지만 그것만으로도 현우를 향해 뜨거운 갈구의 눈빛을 보내던 이들에겐 충분한 은총이었다.

그렇게 발 없는 말은 천 리를 가고.

학교에 학생들 사이에 알음알음 전해져 구전되어질 전설은 그날 그렇게 시작되었다.

〈『언령의 주인』 2권에서 계속〉

언령의
주인

1판 1쇄 찍음 2015년 6월 18일
1판 1쇄 펴냄 2015년 6월 23일

지은이 | 진 솔
펴낸이 | 정 필
펴낸곳 | 도서출판 뿔미디어

편집장 | 이재권
기획 · 편집 | 안리라

출판등록 | 2002년 9월 11일 (제1081-1-132호)
주소 | 경기도 부천시 원미구 소향로 17번길(두성프라자) 303호 (우)420-864
전화 | 032)651-6513 / 팩스 032)651-6094
E-mail | bbulmedia@hanmail.net
홈페이지 | http://bbulmedia.com

값 8,000원

ISBN 979-11-315-6524-7 04810
ISBN 979-11-315-6523-0 04810 (세트)

※파본은 구입하신 서점에서 교환하여 드립니다.

※이 책은 (도)뿔미디어를 통해 독점 계약되었습니다.
저작권법에 의해 보호를 받는 저작물이므로 무단 전재와 무단 복제를 엄금합니다.

http://www.bbulmedia.com

http://www.bbulmedia.com